千年鬼

直木獎得主西條奈加
最催淚之作

西條奈加——著
李冠潔——譯

目次

三顆豆子

鬼芽寄生於人、而非鬼
以怨恨與苦痛爲養分
時而漸漸深入、時而瞬時鑽入體內
待其終於結實，便於額前長出雙角，成爲人鬼
眞正可怕的並非鬼，而是人鬼

方才洗好的一升[1]德利[2]酒瓶，從雙手間滑落。

瀨戶燒[3]掉落地面，發出清脆的聲響，掌櫃的臉色一變，衝到面前：

「幸介！你要打破幾個酒瓶才甘心！」

「對不起，對不起，我的手凍僵了，實在拿不住……」

「不要找藉口！現在都要忙不過來了，你還淨添亂，人家說的薪餉小偷就是你這種人！」

幸介的臉頰像是火在燒，但他只是緊咬著嘴唇低下頭。

「要是客人踩到割傷腳就糟了，還不快把碎片掃一掃。」

掌櫃忿忿地往回走了幾步，又突然轉過頭來：

「打破的酒瓶就從你的薪餉扣！」

一到年底，零售酒鋪末廣屋就會比往常忙亂好幾倍。除了一升酒瓶的零售之外，新年用的菰樽[4]酒桶和角樽[5]酒桶的訂單也源源不絕，夥計和學徒都忙得團團轉。打掃、打水等雜務的工作量也因此大增，對幸介而言最累人的莫過於清洗酒瓶。

在酒鋪店門口一定都會擺放清洗酒瓶的木盆，過午之後幸介一直蹲在這裡洗著酒瓶。髒了的酒瓶接連送來，怎麼洗都洗不完。持續浸泡在冰冷水裡的雙手早就失

編按

1　一升為一千八百毫升。

2　日本最常見的裝酒器皿，瓶口細窄瓶身胖，能夠保留香氣及溫度。

3　日本六古窯之一。愛知縣瀨戶市及其周邊生產的陶磁器總稱。

4　稻草包蓆木桶清酒。

5　有兩個長把手的酒桶。

去感覺，但北風一吹，就會像被鐮鼬抓過似的皮開肉綻。幸介忍著疼痛拿起掃帚，將破損的酒瓶碎片掃在一起。

「笨蛋幸介，這裡還有碎片啊！」

一個學徒伸出腳將他集中的碎片踢散。幸介忿然瞪著他，另一個學徒也跟著起鬨：「你那是什麼眼神？工作都做不好，還敢領薪餉。你這個小偷！薪餉小偷！」

看著兩人笑鬧著跑進店裡，幸介忍不住舉起了掃帚，卻重心不穩，一個踉蹌一屁股跌坐在地上。

「好餓啊。」

這麼想起來，打昨天起他就什麼也沒吃。肚子咕嚕咕嚕叫，連要站起身腰腿都使不上力。

「小幸，你餓了嗎？」

語音方至，幸介就聞到一陣撲鼻的香氣。他轉過頭，看見末廣屋四歲的小女兒阿糸握著一袋炒豆子站在那兒。

「你沒吃午膳嗎？」

幸介羞赧地對阿糸笑了笑，嘿咻一下站起身來：

「太忙了，沒時間吃。」

「是嗎，那晚上多吃點喔。姊姊說今天很冷，所以要做湯豆腐。」

「我不是包吃住的，早晚膳不在這裡吃。我回家跟我爹一起吃。」

「小幸家今天晚上吃什麼？」

「我們今晚也吃湯豆腐好了。」

他不自覺地說了謊。別說是豆腐，家中已經連一粒米也沒有了。

照理說，幸介應該要跟其他學徒一樣住在店裡見習，但他還不滿十歲，加上家裡有臥病在床的父親，在房東的說情下，店家讓他以通勤的方式工作。

相較之下，其他學徒只能屈指數著新年和盂蘭盆節兩次的返家假期到來，他這樣的待遇或許令人眼紅吧。學徒階段頂多只能拿零用錢，而幸介有薪餉可領，即使少得可憐，看在他們眼中也是礙眼。午飯時幸介若是一起上桌吃，湯碗被打翻、烤魚串到他這裡只剩下尾巴等，惡整，早已是家常便飯。

至少能飽餐一頓就好，幸介抱著這個念頭隱忍過來，但隨著女傭和夥計都視而不見、掌櫃也開始跟著大家一起碎嘴，大家找幸介麻煩的舉動便越來越明目張膽。

最終幸介放棄了，午飯時間索性連廚房也不去。

末廣屋裡唯一會對幸介展露笑容的，只有么女阿糸一個人。

「小幸和阿糸都吃湯豆腐。小幸和阿糸是一樣的。」阿糸開心地笑著。

阿糸將豆子放入口中，喀滋喀滋地嚼著。豆子的香氣衝進鼻腔，讓幸介好不容易安靜下來的肚子又咕嚕嚕地大聲響了起來。阿糸愣愣地望著他，滿臉通紅的幸介連忙低下頭，用木盆嘩啦啦地攪起水花。

「小幸，來。」

像楓葉般、飽滿的小手心上，三顆沾了鹽粒的炒豆子躺在上頭。

「……小姐……」

「給小幸的，拿去。」

幸介原本打算拒絕，但還是忍不住嚥下口水，匆匆在圍裙上抹了抹手。

「小姐，阿糸小姐。」

「姊姊在叫我了。」

聽到保母姊姊的呼喚，阿糸將豆子放在幸介手上，啪嗒啪嗒地跑開了。幸介目送她小小的身影，深深地低下頭。

忍到工作結束再吃吧——幸介心裡這麼想，但光看著滿是乾裂傷痕掌心上的豆子，就讓他口水流不停。他瞥了店面一眼，掌櫃和夥計都忙著招呼客人，完全沒空管他。

幸介小心翼翼地拈起一顆豆子。

正要放進口中時，突然一驚。

木盆對面有三個小孩，不知蹲在那兒多久了，年紀看起來比幸介小、比阿糸大，約莫六、七歲，髒兮兮的三個男孩。

幸介沒見過他們，三個人的長相都有些滑稽。

他們的額頭都很寬、向前突出，在幸介右手邊的孩子有著像老鼠的大耳朵，中間的孩子眼睛圓圓大大，左手邊的孩子則是有張大嘴巴。都是不太平衡、十分奇妙的長相。

三人蹲在木盆另一頭，正對著幸介，全都含著指頭，緊盯幸介的手掌，像是要將他的手盯出一個洞來。

幸介感到一陣困窘。

他背向他們，想把豆子藏起來，這下換成背彷彿要被他們的視線燒穿了一般。

還是乾脆把三顆豆子一口吞了——

一面這麼想著，幸介稍稍轉過頭看了一下，含著指頭的三個孩子都骨瘦如柴，看這樣子別說一天，很可能已經三四天沒吃東西了。

豆子有三顆，孩子有三人。

幸介嘆了口氣，放棄掙扎。

「這給你們。拿去吃吧。」他攤開掌心，將豆子遞了出去。

三個孩子一起抬起頭盯著幸介的臉：

「給我們？」

「要給我們？」

「你要給我們嗎？」

才點了一下頭，還來不及眨眼，三顆豆子就從幸介的掌心消失，進了孩子們的肚子。

「好吃！」

「眞好吃！」

「好好吃喔！」

孩子們從右到左一個接一個說著，滿足地笑了。看他們這個樣子，幸介覺得自己做了件好事，也一起笑了起來。

「我叫幸介。」

「我們是過去見。」

「過去見？」

「可以看見過去的人世，所以是過去見。」

「我們是過去見的鬼。」

三人一樣由右到左依序開口。

「你們是鬼？那你們的角在哪裡？」

他們是愛吹牛，還是傻呢？就在幸介開始擔心時，孩子們一齊低下了頭：

「角在這裡啊，你看。」

他們用小小的雙手將頭頂的髮絲撥開。

「那就是……角嗎？」

在亂糟糟的髮絲間，三個人頭頂的同一個地方，確實可以看見一個小小的白色突起。但與其說是角，更像剛長出的乳牙。

「以前我在繪草紙上看到的鬼，額頭上長著兩隻角。」

「那不是鬼，是人鬼。」

「是人變成鬼的樣子。」

「額頭長著長長的角，就是人鬼的印記。」

人怎麼會長角呢？幸介將這句話吞下去，噘起了嘴。

這些孩子果然怪怪的，還是別跟他們扯上關係比較好。

不過孩子們似乎沒察覺幸介的想法，開心地說個沒完。

「豆子眞好吃。」

「太好吃了，要好好謝謝幸介。」

「我們要讓幸介看看過去世。」

「那麼點豆子，沒什麼好謝的啦。」幸介苦笑著，有些裝模作樣地說道。

「幸介，你沒有想看的過去世嗎？」

聽大耳朵的孩子這麼問，幸介忍不住浮現一抹溫柔的笑：

「……我想見我死去的娘。」

「那我們就帶幸介看看死去的娘。」

大眼睛的孩子挺起胸膛，幸介忍不住探出身子：

「你們眞的會帶我去見我娘嗎？」

「不是帶你去見她，只能看看。」

大嘴巴的孩子雙手抱胸。聽他這麼說，幸介有些失望：

「只能看看嗎……你們是要帶我去三途川[6]嗎？從這岸遠遠地看彼岸的娘嗎？」

「不是、不是，三途川根本不存在。」

「我們是過去見，是讓幸介看你娘過去的樣子。」

「幸介，你想看什麼時候的她？」

幸介胸口像是破了個洞，湧現許多與母親的回憶。牽著幸介的手，在節日帶他出門時的笑容；幸介發燒的時候，在枕邊爲他打氣的嗓音；識破幸介撒謊時滿是悲傷的眼神。

「……太多太多了，我選不出來。」

鼻頭酸酸的，視線開始模糊。幸介在眼淚掉下之前用袖子擦了擦臉。

---

6 編按：日本傳說中分隔陰間與陽世的河。

「選一個吧，我們只能跳一次而已。」無視幸介的感傷，大耳朵提出要求。

「你說跳，是要跳到過去嗎？」

「不是，是要跳到那裡。」大眼睛直直地指向天空。

太陽就要西下，天色已經開始暗下來。

「你們能像天狗[7]一樣上天嗎？但飛到天上也看不到我死去的娘吧？」

他們果然是隨口胡謅的吧。但幸介不知不覺被他們說服，完全相信了，對此忍不住一陣惱火。

就像看穿幸介的心思，大嘴巴張開了大大的嘴：

「相信我們，幸介。你看那顆星星。」

「星星？」

幸介順著大嘴巴的指尖看去，滿天星斗像灑了一地的粉末，一時看不出他指的是哪一顆。

「啊！」

「看到了嗎？看到了嗎，幸介。」

「剛剛有一顆星星消失了。」

「沒錯，那顆星星死掉了。」

「……星星也會死嗎？星辰也會像人一樣死去嗎？」

「星星和人一樣，總有一天會死。不過啊，那顆星星不是現在才死的，幾萬年前就死了。」

「可是它剛剛才在我們眼前消失的啊！」

「不對，那顆星星幾萬年前就消失了，只是從這裡看像是剛剛才消失而已。」

幸介完全摸不著頭緒，歪了歪頭，大嘴巴探出身子說：「聽好了，仔細聽我說。」

大眼睛和大耳朵安靜地閉上了嘴。

「我們看得見星星，是因為那顆星的光一路跑到這裡來。」

「光？你是說太陽的光嗎？」

「跟幸介每天看到的太陽不一樣，不過差不多啦。」

7 編按：日本傳說中的生物，民間信仰常認為是妖怪。

太陽就只有一顆，不可能有第二顆、第三顆。幸介蹙起眉頭。

「總之啊，光也像人和馬一樣會跑。比馬跑得還要更快、更快。那顆星星就在它的光拚命地跑呀跑，跑了幾萬年遠的地方。」

喔……幸介又仰起頭看著天空。

「所以啊，幸介，反過來說，如果從那顆星星往這裡看，就可以看到幾萬年前的樣子。只要一口氣跳到遠方，就可以看到過去的世間。我們可以跳得很遠很遠。要看到幸介的娘，只要跳幾年的距離就可以了吧？小事一樁啦。幸介，聽懂了嗎？」

「……聽不懂，可是……」

在大嘴巴滔滔不絕說著的時候，幸介一直在想其他事。

「你們眞的能讓我看到過去嗎？」

三人一同點頭。

「我可以跳得很遠。」大耳朵說。

「我可以讓你看到過去世。」大眼睛接著說。

「那你呢？」

「我什麼也不做。」大嘴巴理直氣壯地回答幸介。
「要什麼時候？幸介，一年前嗎？」
「兩年前嗎？」
「三年前嗎？」
幸介沉吟了一會兒，才下定決心抬起頭：
「半年前。我想看我娘死的那一天。」
「你要看你娘死掉的時候？」
「不是的，」幸介搖頭：「我娘半年前因爲馬兒失控死掉了。失控的馬弄翻了載貨的大八車[8]，我娘被壓在下頭。我爹跟她在一起，也受了重傷，腿跟右手都不利索了。我娘死了，我爹也沒辦法做寫看板的工作，後來就整個人都變了。」
父親變了樣，是在幸介開始到末廣屋工作之後的事。房東見他們生活陷入困境，幫忙牽線讓幸介去當學徒。

8 編按：江户時代的運貨車。

「末廣屋的老闆是我表弟，他正好說想再收個學徒，我就推薦了你。」

多虧房東的介紹，幸介一個月能領到少少的薪餉。

領到第一份薪的那天，幸介帶著一小瓶酒回到家。末廣屋的上等好酒自然是買不起，他在家附近的酒鋪買了便宜的酒，只希望讓臥床不起的父親開心點。

啜了幾口酒，父親喃喃道：「我這輩子都會是你的包袱。」

說著，仰頭將碗中的酒一飲而盡。

從那時起，父親開始離不開酒。一天喝得比一天多，到後來只要酒喝完了就會開始又哭又鬧：

「連酒都沒得喝，我活著也沒意思。幸介，現在就殺了我吧！」

父親這樣怨聲載道、痛哭流涕的樣子，幸介看著實在是不忍心。於是就算自己沒飯吃，他也想辦法弄酒來給父親。

「爹的右手好起來，就能再繼續做寫看板的工作，這樣他或許就不會再喝酒了吧。房東之前說過，日本橋的藥鋪有一種叫『黃白膏』的藥。」

「黃白膏？」

「那是什麼？」

「好吃嗎？」

「不是吃的，是對外傷很有效的膏藥。但是那種藥非常貴。我想買那個藥給我爹。」

三個孩子似乎聽不懂幸介想說什麼，一臉茫然地看著他。

「我聽說害死我娘、害我爹受傷的馬，好像是武士的馬。只要知道是哪個武士，我就要去向他申訴，拜託他替我爹出錢買藥。」

三人總算明白，同時開了口：

「我懂了，幸介。」

「就帶幸介去看看吧。」

「帶你跳到能看到馬匹失控的地方。走吧，幸介。」

「走……可以等店鋪打烊之後嗎？我要先把這些做完才行。」

木盆邊還有許多待洗的髒酒瓶。

「馬上去，幸介。」

「去一下就回來，一下下就好。」

「只是去個茅廁就回來的時間。」

幸介在三人簇擁下站起身，抬頭看向一望無際的天空。雖然不知道要去哪裡，可以確定的是一定非常遠。

三人不顧他的擔心，七嘴八舌地喊著：

「幸介，專心想。」

「專心念想要看的過去世。」

「念想你要看馬兒失控的那一天。」

幸介緊閉上雙眼。

——讓我看看害了我爹娘的那匹瘋馬。

就在專心念想的瞬間，突然一陣耳鳴，地面劇烈搖晃著。

「哇！」他叫出聲來，一屁股跌坐在地。

「我們到了，幸介。」

幸介小心翼翼地睜開眼，卻什麼也看不見。他又眨了幾次眼睛，眼前還是一片漆黑。

「看啊。」

「看得見嗎？」

「看見了嗎，幸介？」

「沒有……什麼也看不見。感覺就像在洞穴一樣一片漆黑，連星星也看不見。我連你們在哪都看不見。」

「在這裡。」

「在這裡啊。」

「我們在這裡，幸介。」

轉向聲音傳來的方向，三人就站在幸介身邊。他稍稍鬆了口氣，但上下左右依然漆黑一片，連站也站不起來。

「看啊。」

「就是那個。」

「是失控的馬。」

三人指向一個地方。

「……我什麼都看不見，還是一片黑啊。」

「眞是的，人類眞麻煩。」大眼睛的孩子嘆了口氣，站到幸介身後，從後方伸出小小的手，圈起手指做成眼鏡的形狀，貼上幸介的雙眼。

「啊！」

透過大眼睛的手指圈出的眼鏡，一匹揚起塵煙奔馳的馬兒出現在眼前。那是一匹毛皮泛著光澤的棕色馬兒，黑色鬃毛在身後揚起，馬身安著一副氣派的黑色馬鞍，鞍上卻沒有人。

路上的人們慌張走避，人流就像河水分流般縱向裂開。不久，馬兒被一輛堆滿酒桶的大八車擋住去路。馬兒蹬地一躍、像是要跳過大八車，但被繩索綁著堆得高高的貨物超出馬兒能跳過的高度，馬的後腿勾到貨物，馬身和大八車一同傾倒。

就在旁邊，幸介瞥見了像是在驚呼、張大嘴的父母的身影，忍不住閉上雙眼。心跳像是鐘聲一般在耳邊響著。

「看見了嗎？」

「有看見嗎？」

「看見了吧？」

幸介吞了吞口水，終於定下神開口：

「這、這樣……看不出那匹馬是誰的。」幸介的聲音顫抖著：「一點點就好……可以比剛剛再稍微往前一點嗎？」

「跳是只能跳一次。」

「不過稍微前面一點點的話，不用跳也看得見。」

「只要從這裡慢慢離遠一點，就可以回溯時間。」

神奇的事發生了。

手指圈出的眼鏡依然在幸介眼前，從這頭望出去，原先倒地的馬兒又躍起身來，傾倒的貨物堆回了車上。然後棕馬沿著奔馳而來的道路一路往後退。

幸介大吃一驚，瞪大了雙眼。

「我好像有點想吐。」幸介捂著嘴。

「再忍一忍，快看啊，幸介！」

在倒退著跑的馬兒身後，看見了幾名武士。

「停！」幸介大叫，馬兒和人們就像是變成雕像似的一動也不動。

在馬兒背後，驚慌失措的三個武士圍在一起，他們中間還有另一名武士倒在地上。

「是他！」

「就是他！」

「他就是騎士！」

「……嗯，應該是吧……」

那個人對幸介來說應該是可恨的仇人才對，但他卻一點恨意也沒有。倒地的武士是個一頭白髮的瘦小老人，手扶著腰，表情痛苦地扭曲著。

「那個人跟爹一樣受傷了……」

幸介喃喃地說著，移開了視線，突然發現一件事。

「有隻狗在半空中！」

有一隻胖嘟嘟的茶色大狗，在馬兒頭上翻了個倒栽蔥。是被馬兒踢飛的嗎？思緒及此，幸介突然想通了什麼：

「再往前面看一點吧。」

孩子們一臉不解地歪著頭，幸介解釋道：

「馬的前蹄沾了血……說不定馬會失控不是老爺爺的錯，可能是被狗咬了。」

眼前的光景再次動了起來，四人同時「啊」地叫出聲。一如幸介所說，半空中的狗兒最終咬上馬的前蹄。

「這也難怪馬會嚇一跳了。」

「是狗。」

「是狗害的。」

「是那隻狗跟狗的主人不好。」

「嗯，沒錯。那隻狗這麼胖，毛又有光澤，一定是有人養的。」

「來找吧！」

「找出飼主！」

「那個人才是最壞的！」

眼前的情景又再度一點一點倒流。

狗兒鬆開咬住馬蹄的嘴，往來時路倒退著跑回去，一路跟著過去，看見一名張著嘴、向前方伸出手的老太太。

「是她！」

「就是她！」

「是她不好！」

狗兒回到老太太的腳邊，時間再度暫停，三人七嘴八舌地喊著。

幸介看著嬌小的老太太，大大地嘆了口氣。她的頭髮跟落馬的武士一樣雪白，腰桿彎得低低的，身上穿的衣服看來也很窮酸，就像幸介住的長屋[9]裡的老人家。

「那個婆婆看起來不像付得出藥錢……」

別說藥錢了，說不定還會因爲害武家的馬兒失控受罰。幸介失望得垂下肩，看著眼前停擺的光景，突然「咦」了一聲：

「狗的鼻頭好像有東西。」

幸介說完，就像是拉近鏡頭、狗的鼻頭一下放大了。上頭停著一隻蜜蜂。

「原來如此，那隻狗是被蜜蜂螫了，嚇了一跳。」

孩子們再度張開口：

「是蜜蜂！」

「是蜜蜂害的！」

「那隻蜜蜂的飼主……」

話沒說完，孩子歪了歪頭。應該是發現蜜蜂沒有飼主吧。

「不過至少這隻蜜蜂看起來是有人養的。」

蜜蜂的身上繫了一條白線，長長地垂下。在幸介請求下，畫面再度動了起來。

蜜蜂離開狗的鼻頭，絲線垂在身後，一直線往後飛去。

「好奇妙的飛法……翅膀看起來像是沒在動。」
幸介才說完，蜜蜂就像被什麼人丟出來，往身後空曠的草地畫出一道弧線。
在那前方出現了三個眼熟的身影。
「啊。」
「咦？」
「唔……」
三個孩子張大了嘴，沉默不語。
出乎意料的發展，讓幸介也忍不住眨了眨眼。
手指眼鏡的另一頭，確實就是過去見的小鬼們。
「那隻蜜蜂……是你們的嗎？」
幸介瞪著他們，三人低下頭，不自在地扭動著：
「我們抓到了蜜蜂。」

9 編按：同一屋脊下的長形複合住宅。

「用線綁住。」

「綁在樹枝上。」

「然後呢？」

「蜜蜂在樹枝前方嗡嗡地飛。」

「我們覺得很好玩，就搶著想拿樹枝。」

「結果線斷了，蜜蜂就不知道飛去哪了。」

幸介握緊了拳頭，肚子深處湧出一股熱流，一路竄過喉間、燒到頭頂。

「是我們？」

「是我們嗎？」

「是我們害的嗎？」

三個小鬼往上看著他，小心翼翼地問。

「對，就是你們害的！」

三人嚇得一同跳了起來，一屁股跌坐在地。

下個瞬間，就像是整片黑色布幕被拉開似的，四人回到原先的末廣屋店門口。

然而幸介對此渾然不覺，繼續向三個小鬼大叫：

「就是你們害的！是你們不好！我娘會死、我爹會受傷、我不得不出來當學徒，全部都是你們害的！」

三人癱坐在浸滿酒瓶的木盆對面，泫然欲泣地看著幸介。

「我一整天得用冷冰冰的水清洗酒瓶、手整個凍到裂開、從昨天到現在什麼也沒吃，這全都是你們害的！」

「對不起。」

「對不起啦……」

「原諒我們，幸介。」

「我才不原諒你們！」

天色已經完全暗下。燈籠照亮的路上，行人全都停下腳步。

「如果要我原諒你們，就把我娘還來！用你們神奇的力量，把我死去的娘帶回來！」

「這我們辦不到。」

「人死了就回不來了。」

「我們能做到的，就只有讓你看到過去世而已。」

「沒用的東西！」

被幸介這麼一吼，三人不禁抖了一下，瑟縮起身子。

「那你們就把我爹的傷治好，現在就讓我爹恢復成以前的樣子，馬上讓他好起來！」

「喂，幸介，你在店門口吵什麼！」

掌櫃、夥伴和學徒們從店裡循聲而來，但幸介眼中只看得到過去見的小鬼們：

「把我娘還來，把我爹還來！」

三個小鬼怯怯地仰頭看著幸介，愧疚地搖著頭。

「都是你們，我最討厭你們了！」

「幸介，別鬧了幸介！不要在店門口大小聲……你一個人在這邊吵什麼！」

掌櫃和夥計一人一邊將幸介架住。幸介轉向右手邊，狠狠地瞪著掌櫃：

「我也討厭掌櫃！」

「別說了，幸介！」

「掌櫃、夥計大哥、還有那些學徒和女傭們，我全都討厭！」

幸介就像是鬧脾氣的孩子揮舞雙手、蹬著腿：

「我做了什麼！大家全都針對我、找我麻煩，惡整我，我做了什麼讓大家討厭我的事嗎！」

掌櫃慌了手腳，一邊的夥計也心虛地瑟縮起身子。末廣屋的店門口聚集了一圈又一圈圍觀的民眾。

「我也討厭我爹！光會喝酒、抱怨，我賺回家的錢全都被他拿去買酒喝，我工作了一整天，爲什麼連個飯糰都沒得吃！」

兩邊腋下被架住的幸介，朝著黑暗的夜空咆哮：

「我最討厭的就是娘了！自己一個人死掉，丟下我跟爹走掉……娘……我討厭娘……」

這時有個小小、暖暖的東西，貼上了幸介的身子。

「小姐，很危險，您別過來。」

掌櫃想把阿系拉開，但阿系拚了命地抱住幸介，圓圓的眼中滿是淚水，仰頭望著他：

「小幸，你怎麼了？小幸。」

「小姐……」

「小幸，你在難過什麼？你爲什麼在哭？」

被阿糸這麼一說，幸介才發現自己哭了。怒氣突然消散，只留下冰冷的悲傷。

幸介放聲大哭起來。

木盆另一頭三個小孩的身影消失無蹤，這讓幸介更加悲從中來，哭個不停。

第一聲雞啼響起時，幸介醒了過來。他的眼睛腫腫的，拚命想睜開眼，卻只能張到半開。他想起自己昨晚一路哭到睡著。

父親睡在自己身邊，但沒有平時的酒氣。

末廣屋的老闆和掌櫃帶他回家的時候，幸介依然淚流不止，只記得瞥見父親一臉震驚。幸介把棉被往頭上一蓋，倒頭就睡。

不久後房東來訪，他依稀聽見四個大人悉悉簌簌不知在說些什麼，但哭累、也氣累了的幸介，不久便沉入夢鄉。

「末廣屋應該會解雇我吧。」他喃喃說著，但內心覺得已經無所謂了。就像是把傷口中的膿全都擠乾淨，腦袋神清氣爽、身體也感覺十分輕盈。

幸介洗了把臉，拿著手巾走出門。

「這是什麼？」

家門口放著一個紙袋。打開紙袋，一股強烈的氣味竄進鼻腔：

「嗚噁，這是什麼味道！」

幸介看著袋子裡的油紙包皺起臉，聽見有人喚他。

「早啊，幸介。」

是房東。幸介跟他寒暄了幾句，給他看了紙包。

「這不是『黃白膏』嗎！我之前跟你提過，是治療傷口非常有效的膏藥……哎呀，比我之前看過的顏色還要深呢……看起來綠綠的。」房東掀開油紙看了一眼：

「不過這個氣味就是黃白膏沒錯。這是誰給你的？」

「不是房東先生嗎？」

「不是我啊，這可是非常昂貴的膏藥呢，我才買不起……說不定是末廣屋吧。你昨晚似乎鬧事了……」

「對不起。」幸介低下頭。

「不過你年紀還小，他們說這次不會跟你計較。」

「……他們還願意雇用我嗎？」

「是啊，畢竟是老闆沒注意讓你受了委屈，要是因爲這樣就辭退你，也有損末廣屋的名聲。不過這種事下不爲例喔！好好去道歉，認眞工作。」

幸介大聲應好，拿著藥進了屋。

隔天、再隔天，家門口都放著黃白膏。

不知爲何，第二天起就不是用油紙，而是用蜂斗葉或竹葉包裹，但那泛綠的色澤和刺鼻的氣味，幸介一看就知道是同樣的藥。

幸介每天早上都爲父親換藥，然後前往末廣屋。工作一樣辛苦，不過那天過後幸介自在多了。其他學徒不再找他麻煩，用午膳的時候女傭會爲他添上滿滿一碗飯，還會問他要不要再來一碗。

不過奇怪的是，唯獨膏藥的事，不管問誰都沒人知道。爲了想弄清楚是誰送的藥，幸介好幾次都熬夜醒著不睡，但從沒聽到腳步聲，出門一看，不知何時藥就放在門前了。十天過去，想破了頭的幸介，用末廣屋發的薪餉買了一袋炒豆子。

「說不定是他們送來的。」

他揀了三顆豆子，放進素燒的壺中，以免被小鳥或老鼠吃掉，把壺放在門外。

隔天家門口依然放著藥，幸介打開壺蓋，微微一笑。壺中的豆子消失了。

那天起，幸介每晚一定會將裝了豆子的壺放在門前。隔天三顆豆子消失，換成藥膏擺在門口。他一天也沒忘記，就這樣過了三個月。

某天，幸介從店裡回到家，聽見父親喚他：

「你看怎麼樣，幸介。」

父親手中的紙上，揮灑著氣勢十足的漂亮文字。

「好厲害，爹。」幸介拍起手來。

多虧了膏藥，父親的手腳漸漸能動了，半個月前開始每天在紙上練習寫看板。

「明天我就去找仲介，請他幫我介紹工作。」

自那天起，父親就滴酒不沾。起初或許是因爲幸介鬧事讓他覺得丟臉，但能持續戒酒至今，幸介認爲是多虧了每天早上送來的藥。

「那可眞是太好了，得好好慶祝才行。」

房東知道這個好消息也歡天喜地，說正好有人送他，給了幸介一大塊鰹魚。幸介把一半的鰹魚拿來做晚膳，跟父親小小地慶祝了一下。

「對了，也得通知他們幾個才行。」

他把剩下的半塊魚放進收納盒裡，放在平常放豆子的門前。

「也要分他們吃才行。」

想起他們吃豆子時津津有味的表情，幸介淺淺地笑了起來。

到了隔天早上。

幸介被外頭傳來的聲響吵醒，爬出被窩，匆匆拉開門，眼前瀰漫一片看不清長屋大門的矇矇朧朧晨霧。

霧氣中，是三個倒在地上的小孩的身影。

「過去見！果然是你們。」

幸介高興地跑上前，發現狀況不對。

「好臭、好臭！」

「受不了，受不了！」

「好腥！好臭！」

三人捂著鼻子在打開蓋子的盒子前打滾。

「你們不喜歡鰹魚嗎？」

三人帶著淚光拚命搖頭。

「對不起，我只是想跟你們道謝……」

幸介拿起放了鰹魚塊的盒子，三人尖叫著逃跑了。

「等等，不要跑！」

幸介匆匆追了上去，但三人一溜煙地逃竄，消失在霧氣中。

「我有事想跟你們說，你們聽我說！」

幸介穿過長屋的大門，像在白色海中泅泳一般揮舞著雙手想撥散霧氣，但連過去見的小鬼們往哪個方向跑也沒看見。

「謝謝你們！」幸介放棄追逐，向霧中奮力大喊：

「多虧你們送的藥，我爹的傷好起來了，可以跟之前一樣接寫看板的工作了。我一直想向你們道謝！」

他深吸一口氣，使出吃奶的力氣喊著：

「謝謝你們，過去見！謝謝！」

他拚了命地喊叫，聲音轉眼間就被晨霧吞沒。

他們是不是聽不到呢——幸介失望地站在原地，聽見自己的呼喊傳來了小小的回音。

「謝謝。」

那輕柔的聲音，並不是回音。

「謝謝你，幸介。」

「你原諒我們了。」

「謝謝你原諒我們，幸介。」

三人的聲音重疊在一起，像是鈴聲般傳進幸介耳中。

像是被升起的朝陽融化了，晨霧漸漸消散。

幸介還聽得見那宛如鈴聲的聲音，但到處都看不到過去見的身影。

「謝謝你們！」

幸介最後又大喊了一聲。就在這個時候——

從幸介的口中，彈出一顆豆子大小的黑色物體。

幸介完全沒發現自己吐出了黑色的物體。人眼不得見的那個，由一隻黝黑的大手靈巧地接住了。

「畢竟是孩子，還這麼小一個。」

有著黝黑身軀的鬼，看著像變形的金平糖[10]、有著突出小小尖刺的黑色物體。銀色的眼睛、高挺的鼻子，灰色的短髮上長著巨大的獨角。如暗夜般黑得發亮的皮膚下，有著結實肌肉的年輕鬼。

黑鬼將手中錫杖頂端垂下的飾繩鬆開，把結稍稍拉開，堅硬又柔軟的繩子穿過了黑色的金平糖。

「這是第十一個……應該就剩三、四個了吧。」

黑鬼眼前的飾繩上，包括小小的金平糖在內，總共排著十一個黑色物體。有像

10 編按：一種外形像星星的小小糖果粒。

嬰兒拳頭一樣大的、也有像勾玉[11]一般彎曲的、有像箭矢一樣尖銳的，形狀大小各有不同。

「看來很順利嘛。」

黑鬼的身後突然明亮了起來。黑鬼轉過頭，被耀眼的金光閃得瞇起雙眼。光中緩緩出現一名女子的身影。

「妳出現得還眞早呢，天女大人。」

身著羽衣的天女，牽起一抹溫柔的笑容。

「那個惡作劇是妳搞的鬼嗎？失控的馬會跟小鬼有關？未免太巧了吧。」

天女忍不住呵呵地笑出聲：

「他母親的死、父親受傷，都是無法改變的命運。再這樣下去，那孩子的『鬼芽』會以小小的不滿為養分。孕育幾十年的憎恨，會在某一天突然破裂吧。」

要趁鬼芽還沒長全之前讓他吐出來，就只能讓他對某人盡情地吐露內心的憤恨。天女如是說。

「若是經過多年，在腹中生根，就沒有那麼容易吐出來了。」

「枉費妳長得這麼美，做事手段倒是挺卑劣的。你們這些神都一樣。」

面對黑鬼的口出惡言，天女只是默默地微笑著。

「不過妳這一點我倒是不討厭。如何？今晚有空嗎？要不要一起到哪兒遛達？」

「你這一點過了幾百年也沒變呢。」

「我才不會輕易放過妳這樣的大美女。」

黑鬼朝著光伸出黑檀般的手，然而在他碰到之前，天女就消失無蹤，只留下一抹甜甜的香氣。

「小鬼耗盡體力倒下了，孩子就拜託你了。」

輕柔的嗓音從天上流洩而下，語音一落，到處都沒有天女的蹤跡了。

「嘖，麻煩死了。」

黑鬼大聲嘖了一聲，還是不甘願地跑了起來。經過人們身邊，也沒人看得見他。突然掀起的陣風，讓往來行人摀著臉壓住飛揚的衣襬。像狗兒般循著氣味尋

---

11 編按：月牙狀的首飾。

找，黑鬼終於找到倒在草叢中的三個小小身軀。

只有一個面朝下趴著，大耳朵和大眼睛都睜開雙眼，仰躺著一動也不動，一點生氣也沒有，就像失了魂的人偶。

「帶頭的筋疲力盡，木偶也派不上用場了啊……不過也沒辦法，過去見的力量對這小鬼來說本來就吃不消。」

黑鬼不悅地揚起錫杖，杖上的錫環撞擊出悶悶的聲響。錫杖前端發出白色光芒籠罩，三個小孩的身影消失，剩下一個趴在地上的紅色身軀。黑鬼抱起紅色的小小身軀。

彷彿上了朱漆的紅色身軀，像盛夏植物般翠綠的髮絲垂在肩上，頭頂上隱約看得到拇指大小的小角。

「喂，你要睡到什麼時候，還不快起來！」

黑鬼將小鬼的臉轉了過來，臉色一沉。跟三個月前比起來，小鬼憔悴了許多。但他還是使勁地搖晃，小鬼終於半睜開雙眼⋯⋯

「嗯？」

若是完全睜開想必是圓滾滾的雙眼，配上大大咧開的嘴、從綠色髮絲中突出大大的雙耳，只有鼻子小小地落在臉的正中央。

「這個笨蛋，除了過去見之外還浪費力量在其他地方。」

「沒什麼大不了，我只是爲幸介的爹準備了像黃白膏的藥……我本來就是吸收草木精華的鬼，做那點事不算什麼。」

雖然沒辦法做出跟偷來的黃白膏一模一樣的藥，但注入吸收草木精華所做出的藥膏，效果比眞正的黃白膏還要好。小鬼心滿意足地吁了口氣：

「這下阿民……不，幸介往後就能安心生活了。」

「你的阿民八百年前就死了。我們在追的是鬼芽寄生的怪物。」

話才說到一半，小鬼的眼皮又沉沉地落下：

「我……總覺得……好睏喔……」

啪噠！滿頭綠髮的紅色腦袋垂了下來。

黑鬼比剛才更粗暴地搖晃著，但小鬼完全沒有醒來的跡象。

「嘖，果然太早叫醒他了。摘除前一個鬼芽也才過不到十年，那個天女未免太會使喚鬼了吧……」

黑鬼喃喃地抱怨個沒完，抱著小鬼往天上一躍。

「剛剛那小子如果能順利過完餘生，下一個鬼芽至少要再過四、五十年才會出現。這次總算能好好睡了。」

在烏雲密布的空中，一道黑色陣風呼嘯而過。

鬼姬小姐

若犯下大罪，將落入地獄
然而地獄中少有鬼芽寄生者
懷著純潔之心犯下罪行者，鬼芽將寄生其上
此人不下地獄，將歸於虛無
再無轉生成人的機會

不過就是半個月前，還過著彷彿天上人間的幸福日子。

眼前所見盡是世間美麗光輝的一面，突然之間卻陷入伸手不見五指的黑暗中。

爲什麼會有這麼不近人情的變化？十七歲的織里實在無法理解。

「大小姐，眞木隆國大人送了慰問的禮物來，是很稀有的唐菓子。」

「我不想吃，下去吧。」

織里大小姐坐在簷廊，望著庭院。院子裡，初夏繁花恣意盛放著。

「別這麼說，多少吃一點吧。這半個月來您幾乎什麼也沒吃。」

隨侍的侍女將裝著菓子的盤子端到小姐面前，包著餡的油炸麵粉糰子散發誘人的香氣。

「我說我不吃！」

被織里打翻的盤子從侍女手中飛向庭院，落在開滿白花的橘樹根部，糰子也四散在地上。

「非、非常抱歉，我馬上請下人打掃……」

「不用了，我叫妳下去。」

被大小姐這麼一喝，嚇壞的侍女匆匆忙忙離開了房間。

「我什麼也不要……除了冬嗣大人，我什麼也……」

閉上雙眼，眼前映出傾心之人的身影。

「那這個可以給我們嗎？」

正當意識被回憶淹沒時，她突然又被拉回了現世。

睜開眼，看見三個孩子並排站在簷廊前。

「好吃嗎？」

「看起來很好吃。」

「一定很好吃吧。」

他們是從哪兒進來的呢？是年約六、七歲的孩童。三個孩子各自一手抓著一個不知何時從橘樹根旁撿起的麵粉糰子。

他們是兄弟嗎？都有著向前突出的寬闊前額，但五官看來完全不同。在織里右手邊的孩子有著一對大大的招風耳，中間的孩子有一對圓滾滾的大眼睛，左手邊的孩子則有一張彷彿裂開的血盆大口。

孩子們用充滿期待的眼神仰頭望著她。

「那些……都已經沾到泥土髒掉了，吃這種東西會吃壞肚子的。」

他們的五官讓織里看得入迷，她不禁開口回答道。

「沒關係！」

「沒關係的！」

「我們不會吃壞肚子！」

三人垂肩的長髮、破舊的衣服，全都沾滿了灰撲撲的塵土，比掉到地上的糰子還髒。原來如此，織里心想，點了點頭：

「既然如此，你們就吃吧。」

三人一起把雙手送到嘴邊。一手一個的糰子，轉眼間就消失在三張嘴裡。

「好吃！」

「眞好吃！第一次！」

「這麼好吃的東西，還是第一次吃到！」

不知爲何，從剛剛開始三個孩子都是從右到左依序開口，這也讓織里感到很奇怪。但看到他們開心地接連說著好吃，織里的唇畔浮現了睽違半個月的淺淺微笑。

「要答謝。」

「答謝妳給我們糰子。」

「謝謝妳給我們這麼好吃的糰子，我們讓妳看看過去世。」

反正都是要丟掉的東西，沒什麼好謝的。她正打算拒絕，但第三個開口的大嘴巴孩子說的話，勾起她的好奇心：

「你剛剛說要讓我看過去？」

三人一同點頭，果然還是由右到左依序開口。

「我們是過去見。」

「可以讓人看見過去的人世。」

「我們是能讓人看見過去世的，過去見的鬼。」

雖說是鬼，三人一點也不可怕。他們沒有角、沒有獠牙，也沒有銳利的爪子，而且實在是太小了。比起這些，她有更感興趣的事。

「你們說可以讓我看到過去，是眞的嗎？」

三顆頭又一齊點頭。

「半個月前的夜裡，在這個宅邸的後門，冬嗣大人離開時不知道被什麼人斬殺了。我想知道是誰殺害了冬嗣大人。」

織里在胸前緊握雙手，閉上了眼。就在這個瞬間，鏘——耳邊響起高亢的聲響、坐在簷廊的身子一陣晃動。她忍不住輕聲尖叫，雙手扶住地面。

「半個月前的夜裡。」

「宅邸的後門。」

「這是大小姐想看的過去世。」

咦？她睜開眼，身邊一片漆黑，耳朵只聽得見自己的心跳聲。回過神來，三個孩子站在她的身邊。

「因爲大小姐一心一意地念想著，就跳到這裡來了。」大耳朵的孩子說道。

「快看，是宅邸的後門。」大眼睛的孩子直直伸出手指向前方。

她凝神望向孩子指的方向。只有那裡，一小塊黑暗稍稍淡去，現出熟悉的景色。雖然看得出是後門，畢竟在夜裡還是十分昏暗。然而當一個人影出現時，正巧撥雲見月。

「冬嗣大人！」

這半個月來，她不知道多麼想念這個身影。看到只能在夢中相見的人見冬嗣，她的心頭湧上一股熱流。她連眨眼也捨不得，緊緊地盯著他看得入神，就在這時，門又咿呀一聲打開，屋裡走出了另一名男子。

「那是眞木隆國！」

織里雙眼圓睜。兩名男子不知說了些什麼，她聽不見對話內容，但看得出絕不是什麼平和的交談。似乎是沒談妥，人見冬嗣轉過身，背向眞木隆國。

當刀峰劃向他的背，織里忍不住閉上了眼。

「看到了嗎？」

「有看見嗎？」

「看到了吧？」

在孩子們的催促下，她緩緩睜開眼。眼前的光線對習慣黑暗的雙眸太過刺眼，她瞇著眼，看見橘樹的白花。她已經回到房間的簷廊上，三個孩子站在跟剛剛同樣的地方。

「……剛剛那不是夢吧？」

她確認地問道，三人又一同點頭，像是在等待她誇獎、雀躍地仰頭望著她，卻嚇得瑟縮了身子。

「可惡的眞木隆國……居然殺了冬嗣大人！」

原先裝著菓子的盤子依然翻倒在橘樹下。殺害了人見冬嗣，明知道我如此悲傷，居然還若無其事地送慰問品來。如此厚顏無恥，讓織里怒火中燒。

織里宛如惡鬼般凶惡的臉色，讓三個孩子害怕起來，同時七嘴八舌地開口：

「會長出角的！」

「會變成鬼！」

「要是額頭長出角來，就會變成人鬼了！」

「惡鬼明明就是那個叫眞木隆國的男人才對！」

三個孩子尖叫一聲，像是被強風吹倒般一齊跌坐地面。大耳朵和大眼睛抱著頭縮在地上，瑟瑟地發著抖。只有大嘴巴的孩子一屁股坐在地上，還是拚命說服她：

「不可以怨懟，不可以憎恨。鬼芽會吸食妳的怨恨長大。芽長得夠大之後就會破裂，到時候妳就眞的會變成人鬼了。」

「什麼鬼芽、什麼人鬼的，我不知道你們在說什麼，但如果能變成鬼正合我意。我要變成鬼，拖那個男人下地獄！」

孩子們再度哭叫起來，像是被拋出的貓狗跌倒在地，然後連滾帶爬地穿過橘樹，鑽進了低矮的樹叢中。

過去見的小鬼們，就此消失了蹤影。

「是隆國殺害了冬嗣？妳在說什麼夢話？」

治理東國一隅的結城爲輔出門巡視領地，四天後回到家中。織里立刻將眞木隆國的所作所爲告訴父親，父親卻完全不相信女兒所說。

「是誰捏造這種謠言……」

「才不是捏造的！我親眼看得清清楚楚！」

高腳盤堆滿了父親帶回的李子。織里視而不見，向前湊上身，爲輔見狀，眉頭鎖得更深：

「妳那天不是在妳姑姑家嗎？冬嗣是在家裡後門遭到盜賊襲擊，妳怎麼可能親眼看見。」難道是因爲悲傷過度，產生無中生有的妄想了嗎？父親帶著這樣的神情心疼地看著女兒：「隆國是年輕的家臣中最優秀的人，文武雙全，宅心仁厚。」

「父親，你被騙了。那個男人非常可怕，請你現在就把他叫來，當面問清楚。」

跟差距兩歲、身爲繼承人的弟弟不同，織里性格強勢，不輕易讓步。若是生爲男兒身，一定能成爲了不起的侍大將[1]吧。爲輔萬般遺憾地嘆了口氣，讓人喚隆國過來。

「您找我嗎，主公。」終於現身的年輕家臣優雅地向主君行禮。

或許是因爲繼承了京城貴族的血統，和大多粗獷的坂東武士不同，隆國是個舉止優雅、身段柔軟的男人。他的父親是爲輔的智囊，爲輔自然也對他十分看重。反觀人見冬嗣，同爲家臣，家世和地位都很低，這樣的男子與城主之女織里走得近，爲輔身爲父親自然不樂見。

聽聞主公詳述原委，隆國面不改色地答道：「天地明鑑，我沒有做任何違背良心之事。」

主公滿意地點頭，織里大小姐倏地站起身，走到隆國面前：

「隆國，抬起頭來。你敢看著我的臉，再發誓一次嗎？」

家臣緩緩抬起頭，定定地望進織里的雙眼：

「我沒有做出任何不能告訴主公的違心之事。我發誓。」

他的神情誠摯，沒有絲毫動搖。兩人對視一晌，織里終於淡淡說了聲「是嗎」。

「女兒啊，這樣妳滿意了吧？」

「不，父親，還沒呢。之前隆國送了唐菓子給我，我得好好答謝他才行。」

織里從高腳盤裡揀起三、四顆李子，往隆國的臉上一丟。熟透了的李子在隆國的臉上破開，汁液濺上他的鼻子與臉頰。房中瀰漫著果實的甜甜香氣。

「女兒，妳這是在做什麼！」爲輔臉色一變，隆國卻阻止了他。

---

1 編按：古代日本的武家職位之一。

「主公，我沒事。」他說著，雙手交疊在榻榻米上，伏下身來。

「是啊，隆國，這樣還不夠答謝你。」

織里走到家臣身邊，朝著他交疊在榻榻米的手踩了下去。

她用彷彿要將他的手指埋進榻榻米中的狠勁踩著，隆國依然悶聲不吭。面對眼前的混亂，受眾人盛讚勇猛武士的爲輔，臉上也失了血色，他匆忙將女兒從家臣身邊拉開。織里轉向父親，開口道：

「父親，請命隆國隨侍我身側。」

「妳說什麼？」

「若是你不答應，我就自盡。」

女兒的眼神透露出她是認眞的。即使如此，父親還是遲疑了。

「主公，我也拜託您。請讓我侍奉小姐吧。」

「隆國……」

低頭看著那張沾滿黃色汁液的臉，爲輔沉吟了一陣，總算答應了。

眞木隆國受織里大小姐如何殘酷的對待，不久後便在家臣和侍女間傳了開來。

——織里小姐簡直是變了個人，就像被惡鬼附身似的。

——實在是太可怕了。隆國公子眞是可憐……他身上總是帶著傷。

——你知道嗎？織里小姐手邊有一根掃帚柄粗的竹竿，她總是用那根竹竿打隆國大人，打到竹竿都要斷了。

——最近連侍女們都怕她怕得要命，不敢靠近小姐。小姐的起居全都是隆國公子在張羅。

父親為輔對此也頭痛不已，多次勸告，但織里充耳不聞。

那已經不是織里小姐，是鬼姬小姐。

這樣的耳語慢慢地傳出宅邸，結城的鬼姬小姐之名，不久後傳遍整個領地。

事已至此，身爲領主的爲輔也不得不好好思考該如何處置這個女兒。因爲身爲繼承人的織里弟弟、年方十五的爲芳，有親事上門了。對方是坂東武士當中勢力首屈一指的人家的千金，對結城家來說是求之不得的親事。

但要是讓他們知道爲芳的姊姊是宛如惡鬼的女人，這門好親事就要破局了。

就在領主傷透腦筋的時候，一個出乎意料的人提出了好方法。那個人正是爲輔的智囊、眞木隆國的父親。

「在領地邊陲的村莊蓋一幢宅邸，讓織里小姐搬過去住如何？當然，小犬隆國也隨侍在側。」

只要能讓隆國跟在身邊，織里應該也不會反對吧。還有這個辦法，爲輔不禁點了點頭：

「但這樣隆國未免太委屈了吧？他有那樣的才能，我原本希望未來爲芳繼承當家時，他能成爲左右手，好好輔佐爲芳。」

「隆國很清楚這是他的使命。」

「我眞的派了麻煩的差事給他。眞是對不起他。」

隔年，織里小姐移居到領地邊陲之地的窮困村落。隨行的除了隆國，就只有數名男女隨從。

「未免太小了吧，這也稱得上是宅邸嗎？」

剛建好的屋子散發著清新的木頭香氣，但對於在寬廣的結城大宅長大的織里來說，這裡看起來不過如同馬廄。

每天關在狹小的屋中，讓人透不過氣。過了三天，織里就悶不住了，帶著隆國走出屋外。

然而外頭淨是比狹窄的屋子更讓人心煩的事物。

村子裡到處飄著像是有東西腐敗的討厭氣味，讓織里忍不住摀著鼻子。

明明到了收穫的季節，田裡卻幾乎不見金黃色澤，百姓的住所都破舊傾倒，衣衫襤褸的村民看起來全都可憐兮兮的。

一認出織里，村民們要不是驚慌逃跑，就是連忙匍匐在地，怯生生地偷看她。敢跟織里對上眼的，就只有孩子們。

「是鬼姬！鬼姬來了！」

「被她抓到就要被吃掉了！」

喧鬧的孩子們接連被父母抓著頭髮拉進家中，但他們還是興味盎然地從門窗的縫隙向外偷看。

「關於我的傳聞也傳到這麼偏僻的村落裡了啊。」

織里完全不在乎村民對自己的畏懼，倒是村人的慘況與黯淡的眼神，看得她心浮氣躁。住在結城大宅的時候，出門時旁人也會投來敬畏的目光，然而她從沒見過像這裡村民一樣卑微的眼神。

在村中走著走著，織里忍不住發怒：

「為什麼這裡的村民眼神都那麼卑賤？」

「應該是因為貧窮的關係吧。這一帶雖然在我們領土內，但土地原本就很貧瘠。」隆國回答。

確實，放眼望去，原該結出金黃穗實的米麥，全都深深垂著已經枯萎的茶色穗實。就連路邊的雜草也滿是泥濘。

「這是怎麼回事，隆國？為什麼這個村莊種不出米？」

「因為水災的緣故。」侍從旋即答道。織里詫異地蹙起眉：

「水災？怎麼可能。流過這座村莊的河水，最終會流向結城宅邸的東方。但那邊從沒鬧過水災啊。」

隆國解釋，這是因為不遠處的河川上游，河道狹窄曲折，而且正好就在這座村莊上去一些的地方，河面突然變窄，因此這一帶每隔幾年的秋天就會大水氾濫，好不容易長成的稻穗被大水連根沖倒，泡了水的稻穗只能等著腐敗。

「這麼難聞的氣味就是這麼來的嗎？」織里臉色一沉。

「人不得溫飽，就會失去氣力。在一次又一次受到大水侵襲、損失慘重後，不知不覺就習慣了自身的悲慘吧。」

「冬天就要到了，這樣他們要吃什麼？」

「山裡有些野菜，冬天也能獵些鳥獸塡肚子，不過數量也不多。」

聽隆國說只要鬧水災的那年，到了冬天就會有許多老人與小孩死去，織里的臉色越來越難看。

「隆國，把屋子的糧倉打開，全都發放給村民。」

單膝跪地恭謹回話的隆國心頭一驚，抬頭望著比自己年少十歲的主君：

「您確定嗎？」

「確定。他們這樣一個個垂頭喪氣，看了我就心煩。」

侍從低頭應了聲遵命，這天還沒過完，織里小姐居所的糧倉，就被搬空得一粒米也不剩。

「喔，織里，妳這麼快就回來了啊。」

看見女兒才過幾天就回到宅邸，爲輔的神色一僵。

雖說是大小姐，畢竟是坂東武士的女兒，騎馬對織里來說不是難事。從村莊策馬不用半天，就能回到父親的宅邸。

「村裡的生活不習慣嗎？」父親小心翼翼地問，織里蠻不在乎地答道：「是啊，淨是一堆難以忍受的事。」

居所狹隘、村莊破敗、村民一個個又髒又窮。面對織里的抱怨，父親沮喪地低下頭：「是嗎……」

「不過這些我還能試著容忍，倒是食糧不夠，我實在是受不了。」

「什麼？食糧不夠嗎？」

「對，離開時父親給的那些，已經全被隆國吃完了。」織里指著端坐在身後的家臣。

「怎麼會……我應該送了夠你們吃三個月的食糧過去啊？」

爲輔立刻將目光投向隆國，想確認眞僞。

「非常抱歉，正如小姐所言。」

「眞是的，派不上什麼用場，還把食糧全吃光。我要好好懲罰隆國……」

「不、慢著慢著，我知道了，我都知道了，妳別動手。」

身材壯碩、藝高膽大的爲輔，對女兒也只能言聽計從。爲輔承諾馬上會派人送新的食糧過去。

「父親，你剛剛說之前給的是三個月份吧？那請給我五倍，不，十倍的量吧。」

「妳說十倍？別開玩笑了。」

「三個月份的米和麥，才幾天就被他吃完了。十倍說不定還不夠呢。」

織里與數名僕人的三個月食糧，對村人來說不過只能吃上幾天。得知這一點的織里，立刻跳上馬一路趕來。

現在正是嫡子的婚事能不能談成的關鍵時期，絕對不能橫生枝節，爲輔也只能順著織里，將糧倉放不下的大量食糧送到村中。

得到領主賜下的食物，村民百思不解，最終得出了結論：

「那可是惡鬼附身的鬼姬呢，一定是想把我們養胖，再把我們給吃了。」

雖然滿懷疑慮、心生排斥，還是敵不過餓扁的肚皮，就這樣一次又一次領受恩惠，慢慢地村民也習慣了織里的存在。

但織里對村民們依然毫不留情：

「米又不夠了？你們家不是三天前才領過糧食嗎？」

「是，因爲家裡的孩子正值成長期，全都被小鬼們給吃光了。」

「不許說謊！我之前就聽你兒子說了，你仗著可以跟我領糧食，根本就不去山裡打獵了。」

「呃、這、這是……」

「而且你這陣子還沉迷賭博，不要以爲我不知道。既然有那個時間去賭博，不如去編草繩還比較有用！」

在織里小姐的訓斥下，百姓們紛紛落荒而逃。

就這樣過了三年、五年，鬼姬宅邸的事傳了開來，甚至傳到鄰近的村莊。不只鬧大水的那幾年，就算沒鬧水災，只要冬天一到，就有成群飢餓的平民在屋子前大排長龍。

「這麼平穩的河水，上游居然那麼容易氾濫，我還是不可置信。」

織里小姐騎在馬上，看著父親宅邸以東的河川。

移居村落過了七年，父親為輔在去年因病身故。真木隆國的父親更是在那之前就已經過世。結城家如今由不牢靠的弟弟繼承，所幸有妻子娘家的支援，還勉強能守住原有的領地。

姊姊每年都會來討份量多得驚人的食糧，為芳比父親更畏懼她，也總是照她說的將食糧交出去，但她要求的份量一年比一年多。負責掌管領地稅收的家臣也都來求他，說實在拿不出更多了。

跟七年前比起來，織里小姐似乎明理多了，說被拒絕也是理所當然，乾脆地打道回府。

「若是不將常氾濫的河川整治好，不管發放多少糧食都不夠。明明是同一條河，怎麼會差這麼多呢？」

「雖是同一條河，流到這一帶時河面已經寬闊不少，坡度也十分和緩了。兩岸河床夠寬廣，也有修築堤防，就算大水來也不用擔心。」

隆國一如既往回答了織里的疑問。不管問他什麼事，這名侍從總是能給出最精確的答案。

「那麼只要將上游的河川也整治成這樣，就不會再氾濫了嗎？」

「正是如此，不過我們沒有足夠的治水人手。」

下游這一帶的地形是自然形成，人工修築的只有低矮的堤防。然而上游的水流如扭動的蛇身般曲折，這是最難整治的部分。

「若是拓寬河面，再挖掘能讓水流出的水路，說不定就不會再氾濫得那麼嚴重……」

在葫蘆腰身一樣大弧度的彎道處，挖設一條短的水路，河水就不會滯留，可以順暢地流走。隆國如此說明：

「但這絕非易事，就算找來眾多人手，說不定也要花上幾年、甚至幾十年的時間。最重要的是若沒有具備堤防整治技術的專家，不管找來多少人，也不過是烏合之眾。」

「你說的專家，哪裡找得到？」

「聽說從前在奈良和京都有這樣的技師，但近年治水工程大多由當地人負責，著實是一大難題。」

這樣實在是沒辦法，說著織里又沉下了臉。

隆國像是突然想起什麼似的眼神一亮：

「對了，我聽說爲芳大人夫人的娘家找來高麗人，傳授鋪路造橋等許多工程的技術。說不定他們也懂治水。」

隆國還有個弟弟，在父親過世後隨侍爲芳。隆國應該是從弟弟口中聽說高麗人的事吧。

「怎麼不早點想起來呢。我們走，隆國。」

說著織里調轉馬頭，循著來時路，又回到了結城大宅。

「姊姊，拜託妳不要強人所難了！」身爲領主的弟弟忍不住哀號。

織里表明不是來要糧食，讓隆國說明整治上游一事。

「如果是高麗人的事，我可以讓妻子去請岳父幫忙……不過姊姊，妳要怎麼召集人手？」

「當然是爲芳來召集啊。這種時候若是不採取行動，你當領主又是爲了什麼？在領地內外發布召集令，不是什麼難事吧。」

「未免也太突然了吧……」

爲芳性格膽小，但換個角度也可以說是深思熟慮。若是將領土內的人民、士兵都送去施工，要是有什麼萬一就無法守護領地。聽爲芳這麼說，隆國提出建議：

「守護領地一事，拜託您岳父幫忙如何？」

「話是可以這麼說沒錯，但我也沒那麼信任岳父。他有可能趁著我們守備不足舉兵入侵……貪心是他的優點，也是缺點。」

「您岳父的領地有更大的河川，那條河的上游也一樣常常氾濫。就算學到治水的技術，實際施行也難免會失敗。但若是在結城的領地先行試做，遇到問題就能先克服了。」

隆國建言，可以這樣暗示身為大國領主的岳父。結城領地內的治水工程，對大國而言可說是參考的範例。至少在治水有成之前，他們不會輕舉妄動地發動攻擊。

「你這麼說確實有理……但事情還是沒那麼容易。」

為芳很清楚，治水不只耗時耗力，還要耗費莫大的金錢，他不可能隨口答應。為芳陷入了遲疑。

織里等到失去耐心，倏地站起身，從簷廊走下庭院。

「隆國，過來。」織里指著自己的腳邊，隆國順從地過去跪下。

「姊姊，妳做什麼！」看到織里手上拿著馬用的竹鞭，為芳連忙揚聲，但為時已晚。

織里揚起右手，旋即咻地響起彷彿劃破風的聲音。隨著一聲刺耳的聲響，鞭子落在隆國的背上。竹鞭很細，因此鞭打時深深地嵌進肉裡。織里面不改色，一下又一下地鞭打侍從的背。

沒多久，隆國背上的衣物已經多處破裂，從裂縫中滲出血來。隆國緊咬著牙關，哼也不哼一聲地強忍著。

「夠了……快住手，姊姊！」

「若是爲芳不肯答應，我就在屋外的東河原當眾鞭打他，你無所謂嗎？」

東河原有往來商人買賣的市集，是領地裡最繁華的地帶。若是領主發狂的姊姊在那裡鞭打家臣，醜事馬上就會傳到領地之外。

爲了逼人順著自己的意思，面無表情地鞭打家臣的姊姊，就像是眞的被惡鬼附身一樣。爲芳渾身發抖，忍不住大叫起來：

「是父親命令他殺死人見冬嗣的！」

竹鞭刺耳的聲響停息，庭院瞬間陷入一片沉寂。

一直忍著痛楚的隆國，這時才悄然倒地。

人見冬嗣的父親，原本是結城家的家臣，因疑似謀反，最終被判罪。他一直到死前都堅稱自己是無辜的，妻兒也對此深信不疑。

冬嗣是他的么子，父親死時年僅三歲，母親與哥哥們一直教育他要爲父報仇。冬嗣隱瞞自己的眞實身分，由其他人家收爲養子，打從一開始就是爲了復仇才會來到結城家。

很快的，他就得到了織里大小姐這個寶貴的工具。

不管爲輔再怎麼驍勇善戰，總有一天會老。只要成爲織里的丈夫，進到結城家，再找時機殺害織里和爲芳，就能斷絕結城家的血脈。這就是冬嗣的計畫。

「知道他跟姊姊走得近，父親就派人調查冬嗣的出身，到處向認識冬嗣的人打聽，這才發現他可怕的眞面目。」

爲輔直到身在病榻上，才對爲芳坦白這件事。

「父親原本是希望讓隆國迎娶姊姊的，所以他找眞木父子討論此事，當時隆國是這麼說的……

「『若是得知眞相，小姐一定傷心欲絕。這件事就不要公開，悄悄地了結冬嗣的性命才是上策。』」

隆國親自接下了這個使命。

「果然是父親嗎。」

支支吾吾地述說這一切的爲芳，驚訝地抬起頭：

「……姊姊？妳該不會早就知道了吧？」

「不，我完全不曉得冬嗣大人有這樣的野心……」

她不可能知道。她原先深信是隆國爲一己之私痛下殺手。然而，這七年來，織里一直看著眞木隆國，越來越了解他的爲人。有一天，她突然想起他說過的話。

——我沒有做出任何不能告訴主公的違心之事。

也就是說，是父親命令隆國殺害人見冬嗣的吧。這是織里得出的結論。

父親不是會因爲一個人出身低微就瞧不起他的人，應該有什麼讓他不得不這麼做的原因，但織里能推測的也就到此爲止。

父親是個粗人，卻是人品高尚之人。奪去女兒戀慕之人的性命，讓他背負了強烈的罪惡感吧。照織里的要求送上無盡的食糧，或許也是他贖罪的方式。

「所以姊姊，拜託妳，不要再對隆國這麼殘忍了。」

「他是我的家臣，要怎麼對待他是我的事。」

織里再度要求治水一事，然後離開了房間。

院子裡的橘樹，開著跟七年前一樣的白花。

織里從前的房間，現在成了客房。隆國在此接受治療，趴在榻榻米上休息。

織里進到房中，側著臉的隆國便睜開了眼。

「痛嗎？」

「不會。」

隆國緩緩起身，端坐在小姐面前。

「你有什麼要對我說的嗎？」

「只有一件事……小姐，您眞的要開始治水嗎？」

「不然我才不會爲難爲芳呢。」

「說不定會花上幾十年，而且也不知道成果會如何。也勢必會勞民傷財，萬一最後失敗了，小姐您說不定會受到怪罪。」

「你不肯再陪我耗上幾十年嗎？」

「沒這回事。自斬殺人見冬嗣的那一刻起，我就全心發誓要用一輩子向小姐贖罪了。」

「既然如此，那還有什麼問題。我也早就習慣被人怪罪了。我可是結城的鬼姬呢。」

織里對隆國綻開無懼的笑容，走到簷廊。

「啊！」

「小姐！」

「大小姐！找到妳了！」

耳邊突然傳來一陣狂喜的歡聲，橘樹下出現了曾幾何時見過的三個孩子。

「是你們啊，好久不見了。」

織里走下庭院，懷念地看著三個孩子：

「你們真的不是普通人呢。都過了七年，還是一點都沒變。」

「這是當然的。」

「我們是從那時候直接過來這裡的。」

「只要跑得比光還快，就可以進到未來的世間。我們好擔心小姐，就一路跨越時光跑來了。不過……」

三個人一起咧開了笑容：

「太好了，不是鬼。」

「沒有變成人鬼。」

「小姐沒有變成人鬼，眞是太好了。」

「抱歉，要讓你們失望了。大家可是都叫我鬼姬呢。」

「不，小姐還是人，沒有變成鬼。」

大嘴巴的孩子這麼說，三個人一同歡呼著太好了、太好了。

他們歡快的笑容，以及鈴響般的笑聲，如此幸福的光景，讓她心中滿溢著暖意。

「您怎麼了，小姐？」

聽見身後傳來的聲音，織里回頭望向隆國。

「那棵橘樹，怎麼了嗎？」隆國困惑地偏了偏頭。

織里轉頭看向橘樹，過去見的鬼已經消失無蹤。

「沒什麼……似乎是你害得我沒能變成鬼呢。」

仰望著橘樹枝椏，織里小姐的胸口啵地彈出了某個淡褐色的東西。

「黑鬼！拿到了，拿到鬼芽了！」

大嘴巴小心翼翼地捧著，像是快要跌倒似的一個勁往前跑。

累得倒在河畔的黑鬼艱辛地坐起身，黑得發亮的身軀滿是汗水，喘個不停，但還是興味盎然地看著大嘴巴伸出掌心中的東西。

「喔，這就是鬼芽啊。我還是第一次看到。」

形狀宛如卷貝扭曲不已，顏色卻是柔和的淡褐色。黑鬼鬆開頸間彷彿由金屬線編成的絲繩，穿過淡褐色的卷貝。

然後拾起放在一旁的錫杖，將絲繩綁在前端。

「喂，木偶呢？」

「啊，我忘記了。」

他這時才終於發現自己開心過頭，把大耳朵和大眼睛丟著就跑來了。

「我還是不太會操控，動作都一樣，要讓他們講話也好難喔，只能照順序讓他們講一些短的句子。」

「憑你的力量，差不多也就這樣了。」

大嘴巴轉身就要去撿木偶，黑鬼忙不迭攔著他，揮了一下錫杖。手杖頂端的錫環鏘啷響起，大嘴巴的身影隨著一閃即逝的白光，變成了紅色的身體。

紅色小鬼用雙手摸了摸像是熟透柿子的身軀，甩了甩滿頭綠髮的頭。回到原本的身體裡，他總算鬆了口氣。

「每次都要分成三個，那個天女也太會找麻煩了。」

「過去見的力量太強大了，要是直接放到身體裡，我會爆開的。所以才要用我的身體做出人偶，放進遠奔和遠見的力量，讓我操控才行。」

大耳朵體內的遠奔之力，可以瞬間跳到遙遠的星星；用大眼睛的遠見之力看，就能看到早已消逝的過往。過去見的力量，就是這麼回事。

「這我當然知道。」黑鬼往小鬼的頭上一敲：「比起這個，若是每次都要讓我這樣跑，我才吃不消呢。」

帶著因為施展過去見的力量而精疲力盡的三隻小鬼、一路跑過七年時光的，就是黑鬼。被敲了頭的小鬼，抱著綠髮中依稀可見、拇指大小的角，說了對不起。

「不過也多虧這樣才拿到鬼芽，阿民沒有變成鬼。」

「第一次就搞成這樣，讓人幹勁全失。聽好了，我再也不做這種事了。」

兩隻鬼的漫長旅程，就此展開。

遺忘的咒語

爲了獲得智慧，人也背負了原罪
就連動物的本能，到了人身上也成了爲之發狂的罪
隨著時間流逝，人累積了更多智慧，禁忌因此而生
糾纏於身的繩索徒然增加
唯有遺忘，是人被賦予的唯一救贖

走到樹蔭下、好不容易緩過呼吸，就發現腳邊掉著蟬的屍體。原本覺得礙眼，打算一腳踢開，看似死去的蟬卻唧唧叫著掙扎了起來。

「在這邊垂死掙扎做什麼呢，還不快下黃泉去。」

脫口而出的話語，也像是在對自己說。老太婆看似不悅的眉頭皺得更深了。轉過前方的街角，就能看見自己住的長屋大門。就連這一小段路感覺也好遠，婆婆抖了抖背上的箱子，重新揹好。

這些早已熟悉的生財工具，隨著年歲的增加越發沉重。這樣的日子還要持續多

久呢？她總是身處對未來的不安，回過神來，心心念念著神佛可否早日來接引。

然而每當浮現這個念頭，又像是忘了什麼重要的事，湧現一股沒來由的煩躁。想弄清楚是什麼，又摸不著頭緒，唯有這隱隱約約的焦躁在心中悶燒著。

近來這種感覺越來越強烈了，婆婆一面想著，一面步出樹蔭。

「啊，妳回來啦，針婆婆。」

「今天賣了多少？」

進了大門，耳邊響起明快的嗓音。是住在同一個長屋的阿梅和阿澤，兩人今年都要八歲了。

「沒賣多少，沒什麼好說的。」她跟平常一樣冷淡地回答，但女孩們還是笑咪咪地仰頭望著她。

「婆婆，妳看，是不是很漂亮！」阿澤伸出了雙手。

「是爹買給我的。」阿梅在旁邊接著說。

阿澤的手中捧著繡了五色絲線的小皮球。看見小皮球的瞬間，針婆婆心下一驚。

「可是啊，皮球都彈不起來，拍了五六下就不跳了。」

「……是地面太軟了吧。如果在石子路上，說不定就能拍比較多下。」

針婆婆一面回答阿梅，一面伸手拭汗。到了這個年紀，盛夏日也不太會流汗了，她拭去莫名冒出的冷汗，緊盯著阿澤手中的皮球。

臉上滿布的皺紋，讓針婆婆看來隨時都像板著一張臉，不好親近，長屋的人都對她敬而遠之。只有阿梅和阿澤例外。

她們兩人不只同齡，似乎也非常合得來，像親姊妹似的從早到晚黏在一起。她們不知爲何一點也不怕針婆婆，只要見到她就會湊上來搭話。她會叫針婆婆，其實也是她們兩人起的頭。

她有著完全不相干的本名，但到了這個年紀，所有人都叫她「婆婆」。久而久之，就連婆婆都忘了自己的名字。或許連長屋的屋主也不記得了。

忘了是阿梅還是阿澤，其中一人問起她的名字，她只是自嘲地說：「以前的名字我早忘了。現在的我只不過是個老太婆。」

「那就叫妳針婆婆吧。妳是做針線生意的，就叫針婆婆。」

自此，長屋的人們都喚她針婆婆。

她總是揹著有抽屜的木箱上街兜售針線。賣針線的大多都是上了年紀的女人。

她生來性格彆扭，心情總不形於色，但如此親近自己的阿梅和阿澤，老實說眞是可愛得不得了。

但同時，每當看到她們，內心就會浮現非得想起什麼的焦急。就像是剛剛看到的那隻蟬黏在後頭，唧唧叫著不斷掙扎，有一股說不上來的不快感。

「石子路的話，河對岸的稻荷那兒有。」阿梅說道。

「對耶，我們現在去吧。」阿澤旋即點頭。

「現在？明天再去吧，好不？」看著就要西下的夕陽，針婆婆撇下嘴角：「這陣子河對岸那兒常有小孩出事，像妳們這樣的女孩，說不定兩個人都會一起被擄走呢。」

這是她做生意時聽到客人說的。男孩女孩都是目標，被帶到暗處割破衣物，遭到殘酷的對待。只知道犯人是年約三十的男子，衙役找破了頭，至今依然沒抓到人。

針婆婆將這件事說出來多少是想嚇唬她們，但比起尚未臨頭的災難，孩子們還是更在乎手中的皮球。

「沒關係，一下下就到了嘛。」

「我們在石子路上試著拍兩下，馬上就回來。」

你一言我一語地說完，兩人便開開心心地跑出大門。

「眞是讓人傷腦筋的女孩。要是出了什麼事就爲時已晚了啊。」

她一面喃喃地抱怨著，一面將雙手撐上已經歪斜的自家房門。

平時推開房門，就會有一股窒礙的熱氣迎面撲來，然而這天不知爲何吹來一陣涼爽的風。婆婆才緩過氣來，就驚訝地瞪大了雙眼。

「歡迎回來。」

「好慢喔，針婆婆。」

「我們已經等妳好久好久了。」

不到五坪的狹小房間裡，擠著三個孩子。

「我們是過去見的鬼。」

「是來感謝妳剛剛給我們甜饅頭。」

「爲了答謝妳的甜饅頭，我們來帶針婆婆看看過去世。」

三人由右到左依序開口，向瞠目結舌的針婆婆解釋來意。

他們看來比阿梅和阿澤還小一兩歲，額頭都向前突出，長相十分特別。右手邊的孩子耳朵特別大，中間的孩子則是一雙圓滾滾的雙眼，左手邊的孩子嘴巴大到幾乎可以放進大人的一個拳頭。

什麼謊不好說，居然佯言自己是鬼，就算是孩子的謊言也太過分了些。真是惹了麻煩上身，針婆婆暗自後悔。

跟她熟識、以裁縫維生的寡婦，方才招待她喝麥茶，還給了三顆甜饅頭，說是辛苦她這麼熱還出門工作。她原先想著可以送給阿梅和阿澤，開開心心地走出寡婦的長屋大門，就遇見了這三個孩子。

與其說是巧遇，更像是他們等在那兒，三人眼巴巴地盯著她手中包著甜饅頭的小紙包，一頭滿是塵土的及肩長髮、又穿著破舊的衣服，可憐兮兮地含著手指望著她。被這樣看著，就連絕對說不上有惻隱之心的婆婆，心裡也不太舒坦。

饅頭有三顆，孩子有三人。就像是經過精心安排的巧合，讓針婆婆又皺起原先板著的臉。

她打開紙包，遞到孩子們眼前，他們像是確認似的一齊抬起頭。婆婆默默地點頭，才一眨眼，三顆饅頭就消失在孩子們的口中。

「好吃。」

「好好吃。」

「是至今吃過的甜饅頭中最好吃的。」

塞了滿嘴的饅頭，三人臉上也盈滿了笑容。

「要答謝。」

「要答謝婆婆。」

「為了答謝婆婆，就帶妳看看過去世吧。」

針婆婆完全聽不懂最後大嘴巴的孩子說這句話是什麼意思，只說了沒什麼好謝的就離開了。跟這些乞丐似的孩子牽扯上太麻煩了，要是聲稱答謝，結果硬推銷她買東西，那就更危險了。

因為他們當下並未糾纏，她還以為已經擺脫了，完全沒放在心上，沒想到居然追到她住的地方來。

「說什麼要讓我看過去，以為我這麼好騙嗎。」

聽完孩子們的話，針婆婆嘟囔著。

比奇珍異物小屋展示的河童還可疑。還是別理會他們，趕緊趕他們走吧。婆婆下定決心，嘿咻一聲揹著木箱坐了下來：

「很不巧，以前的事我沒什麼想看的。」

「沒有？」

「一個也沒有？」

「婆婆，妳沒有想看的過去世嗎？」

不知爲何，這幾個孩子都是由右到左依序開口說話。大耳朵和大眼睛的孩子似乎不擅於言辭，過去見之類吹破牛皮的話，都是由每次最後開口的大嘴巴孩子說的。

「對，沒有呢。我是活得比別人多歲，到這個年紀還想回顧的愉快回憶，還眞是一個也沒有。」

這不只是爲了打發孩子們，也是針婆婆的眞心話。死去的丈夫沉迷賭博，兩人的兒子也是自小惹一堆麻煩，老早之前就對他們死心了。他們應該不知道在哪兒過著不務正業的賭徒生涯吧，她也已經二十幾年沒有兒子的消息了。

「之前呢？」

「更早之前。」

「婆婆還是小孩子的時候怎麼樣？」

被這麼一問，彷彿心臟被針猛地戳了一下，胸口刺刺的。

「也淨是些我不想要回想的事……我父親不會做生意，沒法養家活口，母親總是滿嘴怨言，我每天聽他們兩個人抱怨個沒完，煩都快煩死了。」

十四歲離家去做學徒時，她打從心底鬆了口氣。一想到再也不用回到跟父母和弟弟一起生活的長屋，她胸口的鬱悶就煙消雲散，彷彿像鳥兒振翅翱翔般痛快。

婆婆忍不住一一述說，回過神來，三個孩子直勾勾地望著她。

「眞的就只是這樣嗎？婆婆想逃離的，就只有爹娘嗎？」

大嘴巴認眞地問道，讓她心頭一涼。待在家中確實煩悶，但眞要說起來，也是尋常人家的父母兄弟，至少比起自己後來夫離子散的家庭要好上太多了。

我眞正想逃離的是——

思緒及此，腦中突然蒙上一片白霧。

這已經不是第一次了。每當試著想起小時候的事，都會像這樣，彷彿身陷五里雲霧中。這樣的狀況到近日更讓她在意不已。

或許是因爲阿梅和阿澤吧。每次看著她們兩人，那片雲霧中就會映出一個模糊的影子。那影子慢慢地越來越深，不知道究竟是何方神聖。就連是人是物都不確定，混沌的不安在胸膛翻攪。

「如果我說我想看的話……多久以前都看得到嗎？」

她並不是相信了孩子們的戲言，就那麼一下下、配合他們的玩笑而已。她這樣說服自己，忍不住問出口。

「什麼時候？」

「妳想看什麼時候的過去世？」

「只要念想著那一天、那個時刻、那個地點，我們就能帶妳看。」

孩子們大大點頭，信心十足地掛保證。

「……這個嘛，我不是很確定。」針婆婆困擾地噘起滿是皺紋的嘴。

已經是五十多年前的事了。要說是什麼時候、在哪裡，她實在想不起來，就連想看什麼也沒個底。

「這樣就沒辦法了。」

「嗯，不知道的話也沒辦法帶妳去看。」

聽大耳朵和大眼睛這麼一說，她突然覺得自己順著他們的話未免太可笑了。

「哼，我就知道。反正打從一開始你們就打算這麼說吧。你們吃定我這種半癡呆的老人家，不可能把事情記得清清楚楚。」

「不是的，是什麼時候、發生在哪裡，對我們不重要。只是婆婆沒有決定好想看的過去世，我們就沒辦法帶妳去看。」大嘴巴的孩子說。

聽起來是有那麼點道理，但她還是覺得自己被耍了。針婆婆掃視眼前的孩子，只想趕快把他們趕出去：

「那我不需要你們的答謝，你們的好意我心領了。快回家吧。」

「這可不行。」

「沒辦法，我們等吧。」

「我們就在這裡等到婆婆想起來爲止，不管要等幾天都可以。」

「什麼？你們要賴在這裡嗎？開什麼玩笑！」

居然敢拿冠冕堂皇的理由找我麻煩？婆婆欺身向前，激動得口水都噴出來了：

「房間已經這麼小了，怎麼可能讓你們待上好幾天！再說，吃的要怎麼辦？賣針線的生意能讓我自己糊口就很不錯了。」

「不用擔心！」

「吃的由我們準備。」

「今天來不及準備，就只有這些，將就點吧。」

他們若無其事地依序開口，大嘴巴的孩子語音一落，拉門外就傳來可愛的嗓音：

「針婆婆，我娘要我送東西來。」

「針婆婆，我娘也要我拿東西給妳吃。」

拉開拉門，阿梅和阿澤站在外頭，手上各自抱著東西。阿梅手中的是一整塊豆腐，阿澤懷裡則是夏季採收的白蘿蔔。

「這是……要給我的嗎？」

針婆婆不常跟人往來，鄰居也鮮少會拿菜分給她。就算偶爾一次，也是獨居老人吃得完的份量。拿一整塊豆腐和一整根白蘿蔔來給她，在平時實在是不可能。

即使如此，從笑咪咪的阿梅和阿澤手中接下，倒是沒有一絲不快。針婆婆感激地收下了豆腐和蘿蔔。

「太好了，我家裡正好來了奇怪的客人，正不知道該怎麼辦才好。」針婆婆向屋裡示意。

「客人？」

「在哪裡？」

兩個女孩怔怔地向屋裡望了一眼，然後抬頭望著針婆婆。

「在哪裡……在那兒啊……」

三個孩子並肩跪坐在房間裡。針婆婆不知所措地看看裡頭、又看看外頭。

「沒有人啊。」

「沒有啊。」

兩人相視，彼此確認地點了點頭。

「啊、那個……我的意思是，他們就快來了。」針婆婆連忙搪塞過去。

「什麼嘛。」女孩們一同笑了起來。

「對了，針婆婆說的沒錯。在稻荷神社的石子地上，皮球彈得好高喔。」阿澤開心地說，阿梅也興奮地通紅著臉接口：「阿澤好厲害喔，可以拍二十幾下喔！」

「是嗎，那眞是不簡單。再過不久，一定能拍到五十下、一百下呢。」

「眞的嗎？」兩人開心地拍起手來。

回過神來，天色已經昏暗，只有西方的天空還微微透著一些光亮。兩人今天玩到天黑前就回來了，讓針婆婆放了心。

「不過還是不能在外面玩到太晚喔，剛剛我也說過了，最近有奇怪的男人在這附近晃蕩。」

針婆婆再次叮嚀，向兩人道謝，便讓她們回家了。

隔天起，三個孩子就連針婆婆出門做生意時也跟在身邊。

針婆婆的疑心比常人還重，對於孩子們自稱是鬼的胡話，還是無法相信。但就連她也不得不接受，他們幾個似乎眞的是非人的存在。

除了針婆婆之外，其他人都看不見他們，而且他們還會使用奇妙的法術。

「天氣這麼熱，還這麼有精神。吃這些補充點體力吧。」

所經之處越來越多人會送些葉菜啦、炸豆皮之類的食材，也多虧這樣，就算多了三張嘴，也不用擔心沒東西吃。

「好吃！」

「眞好吃！」

「我們還是第一次吃到這麼好吃的飯！」

三人手上抓著大大的飯糰，吃得津津有味。剩自己一個人之後，婆婆也懶得開伙，已經有好些年都是隨便吃吃，但其實她並不討厭下廚。看到孩子們吃得這麼開心，她也開始提起勁多做幾道菜。

「哎呀哎呀，怎麼又掉了。這種像狗的吃相就不能改一改嗎？」

三人似乎不會用筷子，婆婆將米飯捏成飯糰讓他們拿著吃，但菜葉、滷豆皮、煨蘿蔔這些配菜，他們全都直接從盤子裡抓來吃。

「如果能買到魚，菜色就更豐盛了。」

「我們不吃魚，魚好臭。」

「我們不吃魚和肉。」

「簡直跟和尚沒兩樣。你們幾個眞的是鬼嗎？」

大嘴巴咧開沾滿飯粒的大嘴，笑著說道：「我們是吸取草木精華的鬼，平常都住在深山裡。那一帶現在這季節也很涼，不用擔心暑熱。」

聽他這麼說，婆婆才想明白。難怪這三個孩子在身邊的時候，所到之處總像圍繞著一股涼風，天氣再熱也不覺得難受，更像走進了翠綠深山裡，聞得到舒服的清香。似乎不只針婆婆有這樣的感覺，做生意的路上稍做歇息的時候，總是自然會有人靠過來。也多虧這樣，她不用頂著烈日走太遠，輕鬆就能把針線賣了。

「妳有想到想看的過去世了嗎？」

三人時不時想起就會問她一下，但她還是什麼也想不到。

待娥眉月逐漸滿盈，來到接近滿月的時分，針婆婆甚至開始覺得就這樣一直跟這三個孩子過日子似乎也不壞。

然而隨著日子流逝，小鬼們看起來越來越沒精打采，讓她十分掛心。尤其是大耳朵和大眼睛，動作越來越不靈光，也幾乎不說話了。這兩三天更是沒跟著出門做生意，一直在家睡覺。

「明明就那麼能吃啊。該不會是太熱了吧？」

在兜售針線時婆婆擔心地問，跟在一旁的大嘴巴面露疲憊地回答：「不是這樣的，是要維持人形越來越困難了。我們是第一次在人的村莊裡待這麼久。

「多虧婆婆的飯菜，我們才勉強撐住的喔。」他帶著無力的笑容說道。

「那就變回鬼的樣子如何？反正只有我看得見你們，就算你們的真身是百鬼夜行的樣子，都活到這把歲數了，也沒什麼嚇得倒我。」

「這也不成，只有這個樣子才能施展過去見的法術。還沒讓婆婆看到過去世，我們的使命就不會結束。」

婆婆喔了一聲，心裡有些歉疚。是不是該隨便選個什麼事，讓他們帶自己看看，趕快讓他們回到山裡呢？婆婆內心才浮現這樣的念頭，不久就出事了。

小鬼們來到家裡第十二天的夜裡，阿澤遇害了。

天黑之後阿梅和阿澤都還沒回來，兩人的父母和長屋的居民們開始擔心起來。

「總之大家分頭到附近找找吧！」

屋主帶頭一呼，帶著眾人準備走出大門的時候，看見外頭一個小小的人影。

「阿梅！這不是阿梅嗎！妳跑到哪裡去了？」

阿梅的父母匆忙趕上前去。只有阿梅一個人，沒看見阿澤的身影。

「阿梅，阿澤呢？阿澤沒跟妳在一起嗎？」阿澤的母親在阿梅面前蹲下，搖著阿梅的肩。

阿梅像是想說些什麼、卻說不出話，只是張著嘴，肩膀隨著喘息起伏。應該是出了什麼大事吧。在燈籠的火光照耀下，小小的臉龐失去血色，連嘴唇都泛紫了。

「告訴我，阿澤怎麼了？妳們剛剛跑到哪裡去了？」

針婆婆站在她們的父母身後靜靜看著，突然注意到一件事。這陣子，阿梅和阿澤每天不離手的某個東西，此時到處都沒瞧見。

「阿梅，妳該不會……剛剛跑到河對岸的稻荷神社了吧？」

像是從惡夢中驚醒一般，阿梅的身子陡地瑟縮了一下，燈籠火光照亮的慘白臉龐，緩緩轉向針婆婆。一對上針婆婆的視線，阿梅的眼中倏地盈滿淚水。

「阿澤她、阿澤她！」

她雙手掩面，雙膝一軟，在她就要倒下時，阿澤的母親一把抱住了她：

「告訴我，阿澤怎麼了？」

「……一個陌生的叔叔抓住她……丟到池子裡……」

兩人方才遊玩的地方，是河對岸稻荷神社境內的池塘旁。

長屋的男人們迅速趕去，找到跟皮球一起在池塘裡載浮載沉的阿澤，但她早已沒了氣息。

隔天，衙役來到長屋，在屋主陪同下向阿梅詢問詳情：

「我再問一次喔。太陽下山，妳們準備要回家的時候，那個男人出現在神社境內嗎？」

「對。」

「那個男的是什麼樣子？」

「……看起來三十歲上下，身材很高大，長得很可怕。」

畢竟是小孩子，衙役小心翼翼地再三確認，阿梅說的話沒有出入，每一次都重複一樣的話。衙役也認為應該不會錯，但一問到男人的長相，阿梅就只是搖頭：

「他的臉黑黑的，我沒看清楚……」

據阿梅所說，男人現身時，夕陽還有一絲餘暉。或許是正好背光看不清楚長相，或是因為太害怕而忘記。

「這已經是第四個人了，還是第一次死人……一定要想辦法抓到人，不然女孩也不會瞑目。」

衙役也賣力投入搜索，但依然找不到犯案男子的下落。

阿澤的父母日漸憔悴，長屋的住戶們也不知該如何安慰他們。整個長屋像是籠罩在暗雲裡，每個人都過著愁雲慘霧的日子。

「沒有什麼辦法嗎……」

看著阿梅獨自蹲在大門旁丟沙包，針婆婆忍不住嘆息。自那天起，阿梅再也不拍皮球了。阿梅落單的孤獨身影，讓針婆婆心疼不已。

「我決定了。我有想要你們帶我看的過去世。」

過了幾天，針婆婆下定決心。

「是多久以前呢？妳終於想起來了嗎？」聽針婆婆這麼說，端坐在榻榻米上的小鬼開心地張開大嘴。

「不是的。阿澤死了，我要你們帶我看當時的事。」

「能帶妳去看過去世的機會就只有一次，針婆婆，妳確定嗎？」

「至少得找到殺了阿澤的人，不然阿澤不會瞑目。而且留下阿梅孤伶伶的，實在是太可憐了。」

就算逮捕了凶手，阿澤也無法復生。但她也想不到還有什麼辦法，能讓阿梅和其他人的心情多少舒坦一些。

「知道了，交給我們吧。我們就讓針婆婆看看那傢伙。」

大嘴巴拍了拍胸口，一直躺在房間一角睡著的兩人倏地跳起身，就像是被笨拙的操偶師突然拉線、從腰部抬高坐起來，讓針婆婆嚇了一跳。

不過當他們照往常的順序在針婆婆面前排開，眼睛都炯炯有神，完全不像一直睡到剛剛才醒。

「針婆婆，專心念想。」

「專心念想妳想看的過去世。」

「專心想著想看阿澤死掉的時候。」

針婆婆閉上眼，雙手在胸前合十。就在這瞬間，耳中響起像是有什麼被勾住的聲響，腳下突然一空。畢竟每天都上街兜售，針婆婆的腰腿還算好，她努力踩穩腳步，總算沒有跌倒。

「快看，婆婆，那就是婆婆想看的。」

只聞其聲不見其人，針婆婆辨不出說話的是三個人當中的哪一個。

「在哪裡？一片漆黑，我什麼也看不見。」

「就這樣往前看，仔細凝神。看啊，就在那裡。」

大眼睛的孩子不知何時站到自己身邊，直直地指向前方。她屏氣凝神，指尖前方的黑暗慢慢褪去，就像是從池子裡向外看，黑暗往外退開了一個圓洞。

「看見了……是阿梅和阿澤。」

針婆婆也時不時會到河對岸的稻荷神社。從粗糙的木製鳥居下，到小小的神社前，鋪了一道作爲參道的白色石子路。熟悉的景象中，阿梅和阿澤在拍著皮球。

實在難以相信這不過就是數天前的光景。如此閒適、和平，理所當然的景象。懷念湧上心頭，讓針婆婆眼眶一熱，但這分感傷很快就消散了。

悲劇很快地襲向兩人，將她們吞沒。最終阿澤的身軀，和皮球一起在池中載浮載沉。針婆婆目睹了整個過程。

「……這是……怎麼回事？」

針婆婆感覺口乾舌燥。勉強擠出的嗓音，聽起來不像是自己的聲音：

「剛剛、這是你們讓我看見的幻影嗎……」

「我們沒辦法讓妳看到幻影。那是眞實發生過的事。」大嘴巴一臉認眞地仰頭望著她。曾幾何時他們已經回到長屋，但針婆婆似乎一點也沒留意，搖搖晃晃地走了出去。

走過長屋相鄰的三間房間，推開大門，就看到阿梅的身影。針婆婆像是一夕老了十歲，跌跌撞撞地走向阿梅。

「阿梅……妳……」

後面的話，她怎麼也說不出口。像是再也站不住，針婆婆跪倒在阿梅面前：

「阿梅……那天，阿梅妳跟阿澤一起玩皮球吧？那時候是不是發生了什麼事？」

「我說過了，有可怕的叔叔跑來，把阿澤……」

「不對……妳跟阿澤吵架了對不對？」

阿梅有那麼一瞬間怔住了，慢慢地搖頭：

「沒有啊，我跟阿澤沒有吵過架，一次也沒有。」

「阿梅……」她用青筋滿布的雙手，緊緊握住那雙小手。阿梅手中的沙包受到擠壓，發出了刺耳的聲響。

「我不會罵妳，跟我說實話。那天，妳們應該爲了搶皮球吵架了。」

過去見之術聽不見一絲聲響。但兩人吵起來的爭端，可想而知。

輪流拍皮球，失敗了就換人。兩人定下這個規則，交互拍皮球。然而阿澤拍得比阿梅好得多，一次可以拍到三十、四十下，玩球的時間很長。相較之下，阿梅怎麼拍也拍不好，頂多拍到十下左右就得換人。

這顆皮球原本就是阿梅的。但玩球的時間這麼短，讓阿梅實在受不了。阿梅忍不住抱怨，阿澤也不肯讓步。

兩人於是搶起了球。在爭執中，皮球從兩人手中飛出，落到了池子裡。她們急忙蹲在池邊、撿來樹枝試著撈球，但皮球還是緩緩地漂向池子中央。池塘雖不算大，但就算是大人拿著長竹竿也很難搆到皮球。

心愛的皮球會掉下去，都是阿澤害的——

阿梅的怒火爆發了：

「妳給我進池塘裡，把皮球撿回來！沒有撿回來，我不會原諒妳！」

彷彿能聽到阿梅指著池塘這麼說。在盛夏的這個時期，池底長滿了藻類和水草。阿澤下水之後，很快地就被絆住了腳。她努力探出水面、掙扎了好一陣，最終還是氣力耗盡，沉進水底。

就跟手足無措地坐倒在岸邊的阿梅一樣，針婆婆也無計可施，只能渾身顫抖地看著阿澤沉下去。

「妳們在搶皮球的時候，球掉進了池子裡……阿澤爲了把球拿回來，才會沉進池子裡吧？」

她實在無法將阿梅命令阿澤撿球的事說出口。阿梅的雙眼微微睜大了些，但也就只是這樣，稚嫩的臉龐沒有一絲膽怯和恐懼：

「我們沒有搶皮球。皮球在阿澤手上……那個男的把阿澤丟進池子裡的時候，皮球也一起掉進去了。」

阿梅直勾勾地望著針婆婆，沒有一點遲疑。她的眼神、語調，都不像是在說謊。

「這孩子對自己施了遺忘的咒語。」

倏地轉過頭，大嘴巴的鬼站在一邊：

「沒辦法承擔自己犯下的罪，所以決定怪罪他人。在一次又一次重複謊言的過程中，不知不覺連自己也相信是真的了。」

衙役每兩天就會來找阿梅，確認她是否想起更多關於男子的事，阿梅只是不斷重複同樣的說詞。

「怎麼會……阿梅……」針婆婆茫然地看著阿梅。

阿梅還是一臉不明就裡地看著自己。直到聽見母親從長屋門口呼喚女兒，阿梅應了一聲，啪噠啪噠地踩著草鞋回家。

「那孩子眞的把一切都忘了嗎？」

針婆婆站不起身，蹲在大門口，小小的手扶著她的背。

「不忘記的話，阿梅往後活不下去。遺忘的咒語，是這種脆弱的人會用的。」

「脆弱的人，爲了活下去……」

「針婆婆，妳應該也用過一樣的咒語才對。」

「我用過？」

小鬼抿起大大的嘴點頭：

「想起來吧，針婆婆。在很久很久以前，針婆婆也犯下跟那孩子一樣的錯。」

「你到底……在說什麼……」

「然後，妳也跟她一樣，用了遺忘的咒語。」

像是要撐開皺紋似的，針婆婆的雙眼大大睜開。

腦中強烈的光線閃爍，而後像湍流般在體內沖刷。

「……阿千……」

針婆婆像是失去力氣，坐倒在地：

「是我……把阿千害死的……」

塵封在遙遠過去的一切，此刻總算清晰浮現在針婆婆的腦海。

爹娘買了皮球給她，她跟要好的玩伴阿千一起玩，但途中兩人搶起了球。爭執中脫了手的皮球飛上屋頂，卡在簷槽上。

「在阿千把球拿回來之前，我不會再跟妳講話了！」

自己這麼喊的嗓音在耳邊迴盪。

說完她就回家了。阿千從屋頂摔下來死掉，是不久後的事。被壓在梯子下的遺體，還緊緊地抱著皮球。

跟阿梅和阿澤的爭吵，相似到令人戰慄。

「我害她死得那麼慘，為什麼這麼多年來都忘了呢！」針婆婆不禁雙手掩面。小小的手像是要安慰她，輕撫著她的背。

「就連大人也會使用遺忘的咒語。何況是那麼小的孩子，這也沒辦法。」

「怎麼辦……我實在沒資格祈求原諒。告訴我，我到底該怎麼贖罪？」

她像是抓著浮木似的向小鬼哭訴，就在這個時候，唦地從針婆婆口中，彈出了人眼看不見的黑色物體。

明明就在眼前的小鬼，突然像一陣輕煙消失了。

「等等，你到哪裡去？連你都要拋下我了嗎？」

「不用擔心，針婆婆。已經沒事了。」

雖然看不到，聲音確實就近在身邊。婆婆四下張望，尋找小鬼的身影。

「針婆婆的心靈已經澄淨了，所以看不見我們的樣子。就只是這樣。」

「怎麼會……我再也見不到你們了嗎？」

「多多關照那個叫阿梅的女孩吧。背負了同樣罪孽的孩子，來到婆婆的身邊。因果就是這樣輪迴的。」

好好照顧阿梅，也算是迴向給阿千。針婆婆是這麼理解的。

「謝謝妳，針婆婆。婆婆做的飯眞的好吃。」

之後就再也聽不見任何聲音了。像是要將小鬼帶走，黑色陣風從婆婆身邊颳過。

「嘖，果然醒不來嗎。」

紅色的身軀，綠色的頭髮，恢復原貌的小鬼還是緊閉著雙眼。黑鬼又嘖了一聲，打開小鬼緊握的右手。是一顆彷彿渾圓藥丸的鬼芽。

「這顆未免也太硬了吧。不愧醞釀了這麼多年。」

黑鬼艱難地將新的鬼芽，穿過錫杖前端的飾繩。

「前前後後已經九百年了。一直做這種事，也差不多要吃不消了。」

小鬼緊閉的雙眼下，浮現幾乎要凹陷的黑眼圈，身體也感覺不到一絲生氣。

「這傢伙會怎樣，天上人根本就不管……不過也是啦，這就是我們要受的懲罰。」

黑鬼的思緒飄回九百年前。對鬼來說，雖是以前、倒也不算太久遠。

「我想請你爲了阿民，施展過去見之術。」

翻山越嶺而來的小鬼，帶著一個女孩來求他。

過去見之術，是爲了天上人存在的。雖然只有力量強大的鬼能駕馭，但沒有天上人的允許絕對禁止使用。

更何況是要讓人類看過去世，怎麼可能嘛。黑鬼起初沒有理會，最終還是因欲望而屈服，那時或許就註定大勢已去。

「還有一百年。這傢伙的身體撐得住嗎？」

單手抱著紅色身軀，黑色陣風前往小鬼巢穴所在的遙遠山林。

獨臂鬼

畏懼化爲詛咒，將人束縛
人無法掙脫，便求於神
設立神社、建造祠堂，在像前叩首
然而拯救人者並非神
拂去恐懼的並非敬畏
唯有擔憂，亦即思慮，才能讓人遠離恐懼

——這未免欺人太甚！

走在田埂上，駒三滿心只有這個念頭。

他怒氣沖沖，眼中彷彿要噴出火來，像是面對殺父仇人般怒目瞪視著眼前被雪掩埋的田地。

老婆和女兒都在家裡等著他，但他經過破舊的茅草屋卻過門不入，一個勁地往前走。經過隔壁家門口時，被一個嗓音叫住：

「喂，駒三，你要去哪裡？村長那兒的集會結束了嗎？」

住隔壁的是從小一起長大的金次，他叫住經過家門前的自己。沒吃飯的細小聲音，就像要被狂風吹散似的。

「閉嘴！再也不准在我面前提起村長和集會！」他的怒吼彷彿要撕裂捲起雪花的狂風。

金次愣愣地張著嘴，駒三又瞪了他呆愣的臉一眼，再次舉步向前走。

「駒三，再過去就是鬼神大人的林子了，太陽就快下山了，太靠近那邊會被詛咒的！」

「這我當然知道！我就是要去被詛咒的！」

「你說什麼？我聽不見！」

金次的聲音聽起來好遠。駒三停下腳步，轉過身，奮力喊著：

「我今天就要變成鬼！我要變成鬼在村裡大鬧一場！」

說完他再次轉身，往鬱鬱蔥蔥的森林前進。

金次又說了些什麼，他沒有聽見。

白天就已經十分昏暗的雫井森林，到了傍晚更是連腳邊都看不清。但從小就對這裡瞭若指掌的駒三，就算閉著眼睛也不會迷路。走了一段路，前方視野開闊起來，空地中央座落著一座祠堂。

雫井神社是雫井鄉里中唯一的神社。但沒有人用這個名字稱呼它。這裡沒有鳥居，據說是因爲忌憚神體[1]並未建造。

這裡也沒有神職，就像只有這片地與世隔絕一般，無論何時總是靜悄悄的。即使如此，村中的人們仍不曾懈怠，總是會有人維護，將祠堂整理乾淨，供品也未曾間斷。

但這也是從前的事了。現在沒有任何人有這樣的餘裕。只比村裡個頭最大的駒三還要高一些的祠堂，已經被白雪掩埋，凍僵在積雪下。

駒三將雪撥開，把祠堂挖出來，用圍在頸間的手巾簡單擦拭。

祠堂的門扉緊閉。他在門前雙膝落地，雙手合十：

「鬼神大人，拜託您，請把我變成跟鬼神大人一樣的鬼。」

他閉上眼、低著頭，一心一意地祈禱：

「要保護阿福，只有這個辦法了。求求您了，鬼神大人。」

雪的寒氣穿透輕薄的木綿，鑽進削瘦的雙膝。他不斷祈求，直到膝蓋凍得失去知覺。

不知過了多久，身後突然傳來聲音：

「你爲什麼想變成鬼？」

是非常稚嫩的嗓音。他回過頭，身後站著三個孩子。

他完全沒感覺到有人的氣息、也沒聽見腳步聲。他們是什麼時候……駒三困惑地眨著眼。

他不曾在這一帶看過這三個孩子。亂糟糟的頭髮過肩垂下，就像是直接從夏天跑來，在這麼冷的天裡只穿著短下襬的單薄和服。

但近幾年這樣的穿著在雫井這一帶並不罕見。大家吃都吃不飽了，沒人有心思顧及穿著打扮。

他們應該也是家裡養不起，不知從哪裡流落至此的孩子吧。駒三心想。

1 編按：神道中神寄宿的物體。

「你們幾個是兄弟嗎？打哪兒來的？」

天上烏雲密布，看不出天色，但約莫是日落時分了。四周越來越暗，但還勉強分辨得出他們的長相。

三人飽滿的額頭向前突出，因此五官看來十分奇特。三人的體格和額頭的特徵很像，但仔細一看，長相可以說全然不同。右邊的孩子有著一對突出的招風耳，左邊的孩子有一對圓滾滾的大眼睛，中間的孩子嘴巴大得驚人。

那張大嘴張開，吐出了一句話：

「我們是過去見。是能夠見到過去的鬼。」

「過去見」這個陌生的詞彙駒三沒聽懂，倒是「鬼」這個字停留在他腦中。

他完全沒有懷疑這是孩子們的戲言，急切地向前探出身子：

「鬼神大人嗎……你們是這座祠堂供奉的鬼神大人嗎！」

「我們不是鬼神，是能夠見到過去的鬼。」大嘴巴淡然地說。

「你們不是這座祠堂的鬼神大人嗎？」

「這裡才沒有鬼神呢。」

「不可能！」駒三忍不住站起身。他的身子晃了一下，幾乎站不住腳，並不是因爲雙腿在雪中凍僵的關係。他用雙手撐住使不上力的膝蓋，將臉湊近站在中間的大嘴巴孩子：

「在雫井鄉這裡有鬼神大人的傳說。據說是千年前的事了，這裡出現了鬼，拯救苦於歉收饑荒的鄉村。」

沒有立鳥居，是因爲鬼神大人不是神，不喜歡鳥居；沒有神職在此，也是爲了不打擾鬼神大人長眠。在祂再度現身拯救雫井鄉之前，鬼神大人會一直沉睡在這座祠堂下。

駒三將這個鄉里無人不知的傳說告訴孩子們。

「這不是編出來的故事，這座祠堂裡確實供奉著鬼神大人的手臂作爲神體。」

「鬼的手臂？」大嘴巴仰頭望著駒三。

「沒錯。這座鬼神神社供奉的是獨臂鬼。」

爲了保護雫井鄉，鬼被斬斷了右臂。千年前的雫井鄉居民對此感激在心，於是將手臂作爲神體安放在此。

駒三說完，大嘴巴陷入沉思，面色凝重，然後將手搭在一旁大眼睛的孩子肩上，將他轉向祠堂。

從剛剛開始就只有大嘴巴在說話，其他兩個孩子一語不發。看來是因爲連活下去都有困難而茫然失措吧。

「那兩個人還好嗎？看起來狀況不太好。」

駒三擔心地看著他們，大嘴巴咧開嘴淺淺地笑了。仔細一看，大嘴巴孩子的氣色果然也有些憔悴。

「不用擔心，只是旅途疲憊而已。我們經過漫長的旅途才來到這裡，不過就快要結束了。」

說著，孩子再次將手搭上大眼睛的肩上，將他的身子轉回來。

「這祠堂裡果然沒有鬼。裡面放的是假的手臂。」

「怎麼可能！」

「這傢伙剛剛看過了，不會錯。」

自稱是鬼的孩子說得斬釘截鐵。難不成他有天眼通嗎？

「……果然只是古老的傳說嗎？鬼神大人不會來拯救雫井嗎？我救不了阿福了嗎？」

全身瞬間氣力盡失，駒三癱坐在地。

但孩子卻說出意料之外的話：

「想知道鬼神的事是真是假，只要親眼確認就好了啊。」

「親眼確認？」

「我說了，我們是過去見。可以讓你看見過去世。」

駒三喃喃地重複了孩子說的話：

「可以看見、過去世……那也能看見鬼神大人現身的千年以前嗎？」

「我們是過去見的鬼嘛。不管是千年還是萬年，跳一下就到了。」

「拜託了！讓我看看鬼神大人！帶我到千年前！」駒三在雪地上跪起身，移動雙膝靠近小鬼們懇求著。

「是不能帶你到千年前啦，不過隨便啦，都差不多。」大嘴巴笑了笑，旋即一臉歉意地撓了撓頭：「抱歉，可以給我們吃點東西嗎？平常我們不會吃人的食物，但要使出過去見之術，還是得補充點氣力。」

爲了施術必須要吃點東西，小鬼說著將兩個同伴的身子轉過來。駒三沮喪地垂下肩：

「對不起……沒有吃的。」

「一個飯糰也好，眞的沒有嗎？」

「飯糰什麼的，我們也好幾年沒吃過了。這個鄉里已經一粒米都沒有了。就連麥啦、稗啦，也根本不夠撐過這個冬天。」

小鬼驚訝地瞪大了大嘴巴上的小眼睛。

「已經連續三年沒有收成了，這麼嚴重的歉收還是第一次。就連明年春天要播的種苗都沒了。」

在這北國之地，常常發生歉收。最根本的原因，是因爲夏季太過寒冷。太陽連日不露臉，最麻煩的是東北風。被這冷風一颳，稻子全都凍死了。

但居然連續三年歉收，如此嚴重的天災，都要讓人懷疑是不是鬼怪作祟了。

饑荒瞬間蔓延開來，領國內到處都苦於稻米不足。但饑荒災情最慘重的就要屬雫井了。駒三的雙親撐不過去年冬天，相繼身亡。村裡已經缺糧至此，只收成了往年收穫量四成的米，幾乎全都用來繳納年貢。

光是這樣就夠讓人憤恨難平，鄉里的仕紳卻說出更驚人的話。駒三已故的父親生前也是仕紳之一，因此今天才出席了集會。一想到集會上村長說的話，駒三氣得咬緊牙根，幾乎要磨出聲來。

「再這樣下去，村裡的人都要餓死了。村長說非得做點什麼才行。我就提議，只能發起『一揆』[2]了。」

「『一揆』是什麼？」

「就是鄉里的人團結起來，到代官所要他們把米還給我們。」

「那裡有米嗎？」

「有，今年氣候很奇怪，繳完年貢後立刻下了大雪。所以作爲年貢繳上去的米，還沒運到江戶。米袋一定還在代官所的倉庫裡。」

但沒有任何人附和駒三的提議。連續三年的飢荒，徹底根除了鄉親們的生氣。別說要拿起武器，人們連高聲疾呼的力氣都沒有了。

更沒想到的是，有人提出讓駒三不可置信的對策。

「他們居然說，要把沒有勞動力的老人家和小孩子扔到山裡去。」

聽到這句話，看起來一直有些疲憊、沒什麼活力的小鬼，也像是被賞了一耳光

2 譯註：人民團結起來集體行動。多意指暴動。

似的驚了一下。

「阿福，我的女兒……她去年才剛出生。是我們盼了十二年，好不容易才盼到的女兒，我怎麼可能把她扔了！」

夫妻倆一直沒能懷上孩子，就在心生放棄時終於懷上了。這孩子是駒三夫妻的寶貝。要是把女兒扔了，老婆也活不下去。但身爲仕紳代表的一員，不可能違抗鄉里做出的決定。駒三氣得將集會上的人痛罵一頓，奪門衝出村長家。

懷著這股無處發洩的怒火，駒三就這樣來到鬼神神社。只要能保住女兒不死，自己變成鬼還算好。求求鬼神大人把我變成鬼吧，他一心一意如此祈願。

駒三說完，四周陷入一片寂靜。一晌，小鬼喃喃地吐出一句話：

「過了千年還是什麼也沒變，阿民也是受同樣的事所苦。」

駒三不知道他在說什麼，只是驚訝地發現小鬼大大地擤了一下鼻子。

「鬼也會哭嗎？」

「原本是不會哭的，我也以爲我們的身體裡沒有眼淚。」

駒三有些詫異地看著，小鬼用袖子擦了擦眼：

「沒辦法了，吃的我來想辦法吧。」

「想什麼辦法……除了雪也沒別的東西可以吃。」駒三說。

「我們原先就是吸取草木精華的鬼，這裡多得是樹。」

小鬼環視祠堂四周林立的樹木。周遭已經暗了下來，月亮也沒有露面，但自小在這片鮮少燈火的土地長大，駒三的夜間視力還算靈光。

爲了避免樹木倒下壓垮祠堂，當初開拓了一大片地，將祠堂建在中間。祠堂的背後聳立著一棵像是在守護祠堂的高大杉木，小鬼繞過祠堂，直直走向那棵樹。

小鬼將雙手和前額抵在粗壯的樹幹上，像捉迷藏時在數數兒的孩子，又像是對樹木專心祈禱。

不久後，回到駒三身邊時，小鬼眞的像在吃東西，口中不知道在咀嚼些什麼。然後吐出了兩塊約莫飯糰大小的圓形物體在手上。像青苔捏成的球一般深綠色的塊狀物。他能看得這麼清楚，是因爲那圓球狀的東西就像生長在黑暗洞窟中的光苔一樣，發出淡淡的光芒。

「來，吃吧。」

他把青苔球送到並排的同伴嘴邊。大嘴巴一說完「吃吧」，圓球就像被吸進去，消失在大耳朵和大眼睛的口中。

下一個瞬間，原本一直垂著頭的兩人同時仰起了臉。

「我們是過去見。」

「我們是能夠見到過去的鬼。」

「這已經說過了，」大嘴巴有些埋怨地說：「只要跳到千年前，讓他看看過去世就好。」

「一千年很遠，要跳得好遠好遠才行。」右邊的孩子微微動了一下大耳朵。

「嗯，一千年很遠，要從好遠好遠的地方看才行。」左邊的孩子也轉了轉眼睛。

「別抱怨了，走吧。」大嘴巴催促著，兩人只是直勾勾地仰望著駒三。

「這是誰？」大耳朵問。

「不認識，這是誰？」大眼睛也接著說。

「啊，忘記問你叫什麼名字了。」大嘴巴張開了大大的嘴巴。

駒三報上了名字，並排的三個孩子同時點頭。

「駒三，專心念想。」

「專心念想駒三想看的過去世。」

「專心念想著要看千年前這個鄉里出現鬼的那一天那一刻。」

小鬼們由右至左依序叫著，駒三將雙手啪噠一聲在額前合十。

——拜託，讓我看看鬼神大人。讓我拜見曾經救了這個鄉里的獨臂鬼！

心底如此乞求的同時，耳邊響起了鏘的一聲、宛如揮下高舉的鋤頭時敲擊到硬物的高音，腳下也像是積雪突然變深踩不到底。

就在他拚命試著站穩的時候，聽見小鬼的聲音：「到了喔，駒三。」

戰戰兢兢地睜開眼，鬼神祠堂和林子全都消失無蹤，駒三身處在伸手不見五指的黑暗中。

「喂……這裡是哪裡？過去見的鬼……你們在哪裡？」

他顫抖著嗓音。眼下比沒有星月的夜晚還暗黑，無底深淵讓駒三恐懼不已。

「駒三，我們在這裡。」

轉向聲音傳來的方向，三個小鬼就站在駒三身邊。

「那就是鬼神大人？」

凝望大眼睛指的方向，前方就像黑色霧氣散開似的、黑暗稍稍淡去，彷彿透過一面圓形大鏡子向外看，眼前映出的光景出乎駒三的意料之外。

「那……不是跟我一樣的區區百姓嗎？」

既不是鬼，兩隻手臂也都健在。失望的駒三忍不住開口：「你們是不是搞錯了？」

「沒有。」大嘴巴的表情十分嚴肅，緊盯著鏡中男子。

男子與駒三看起來差不多年紀，比其他人要高上一個頭的身材，讓兩人看起來更爲神似。

「沒有搞錯。那個男的體內寄宿著鬼芽。」

「鬼芽？你在說什麼？」

「懷著純潔之心犯下罪行，有時會生出鬼芽。天女大人是這麼說的。」

駒三不禁想起了女兒阿福。

「純潔的人怎麼可能犯罪呢？」

「這我也不是很懂。因爲鬼和人對善惡評斷的標準不同。」小鬼如是說：「不過，既然那個男的體內有鬼芽，恐怕是在更年輕的時候犯下了自己認爲是罪行的某件事。」

在小鬼說話的同時，大鏡子裡的時間也不斷流逝。人們的穿著和生活狀況看起來是許久之前，但眼前的雫井鄉，就跟鏡子內的情景相似。

百姓們在持續飢荒下挨餓虛弱，孩子們一個個日漸虛弱而死。

男子抱著孩子的屍骨，茫然若失，鄉中的人們來到他身邊。現在的百姓只允許拿鐵鍬和鋤頭，不過千年前似乎並非如此。每個人手上都握著粗糙的刀和長槍，而男子揀起的是一把大斧頭。

看來是打算發起「一揆」吧。鄉里眾多男丁連袂走上田埂，在眾人當中看見那名男子的身影，駒三忍不住嚥下口水。這時男子的神情已經不太尋常。

身邊的人們都怒氣沖沖、氣得雙眼發紅，唯有那名男子帶著淺淺的笑容。暗不見底的眼眸，大大咧開、彷彿隨時會大笑出聲的嘴角，如此詭異的神情，散發出沒來由的恐怖感，讓駒三毛骨悚然。

眾人來到領主的宅邸，男丁們在門前喧鬧不休。過去見之術聽不見聲音，但就算聽不見，駒三的耳邊依然清晰地響起百姓們的怒吼。

雖然樣子跟現今不同，大概是等同武士類的人吧，守著屋子的侍衛立刻趕來驅趕百姓，作勢威嚇。這時那名男子穿過人群，走上前去。

他邁開步伐，右手高舉斧頭，沒有半分遲疑或猶豫。對方尚來不及拔刀，男子的斧頭就劈上他的眉間。大量血液飛濺，像是下起紅色的雨，將握著斧頭的男子的臉染成鮮紅。他的嘴角又比方才咧得更開了。

如此淒慘的光景，讓門衛和鄉民們全都嚇得目瞪口呆。額頭被劈開的武士還沒倒地，男子又再度揚起斧頭。

明明沒有聲音，卻彷彿聽得見斧頭左劈右砍時發出的聲響。男子瘋狂的身影不管是誰都怕得渾身發抖。眾門衛忍不住跌坐在地、或是轉身逃跑，但斧頭仍然無情地落在他們的頸間和背上。不只如此，把門衛都解決掉之後，男子緩緩向後轉過身。

就像是從血瀑布下走出來，男子的臉上、身上，全都沾滿鮮紅血沫，髮梢也不斷滴下紅色血珠。如此嚇人的樣子，任誰看了都會感到生命受到威脅，原該是同伴的百姓們立刻鳥獸散，但在最前面的兩個男人逃跑不及，接連被男子劈開了背。

「……這就是……鬼神大人嗎……」

駒三從方才就止不住渾身顫抖，好不容易擠出一句話。

「那不是神，是人鬼。」

「人……鬼？」

「鬼芽破裂萌芽，人就會變成鬼，叫人鬼。你看，他的額頭上就有人鬼的證據。」

駒三聞言，再度凝神細看。鄉民們逃得不見人影後，男子再度轉身，朝著緊閉的門扉揮下了斧頭。看著他的側臉，駒三啊地叫出聲來：

「是角……他的額頭長了角。」

男子的雙眉上方，穿出了兩支向上畫出圓弧的角。

「額前的兩支角，就是人鬼的印記。跟我們這樣的鬼是完全不一樣的存在。他們只會憎恨人、詛咒人，沒有分寸地奪取人的性命。自古以來人類仇視、懼怕的鬼，其實都是人鬼。」

吃人的惡鬼，稱爲羅刹，他曾經聽雫井寺的慈泉和尚這麼說過。不久前還跟自己一樣、只是普通百姓的男子，現在已然化身羅刹。

變成鬼的男子已經將門劈開，進到牆內。宅邸的庭院裡，有更多侍衛嚴陣以待。他們三人一組一同發動攻擊，沾滿血的斧頭只一揮就將他們擊倒。但就在這個時候，他的背後有一個高大的身影逼近。

那是一名身高和體型都比男子大上許多的巨漢。高大侍衛手上的日本刀，往男子舉著斧頭的右手臂砍去。從他揮刀的架勢，可以看出絕對是名高手。男子握著斧頭的右手臂，就像是被切斷的蘿蔔，從身體分開落到地上。

太好了！彷彿可以聽到周遭的侍衛如此歡呼。然而手臂被斬斷的男子沒有一絲驚訝，也並未慘叫。從肩膀到手肘中間被斬斷的傷口不斷噴出血來，但他只是靜靜地看著自己掉在地上的手臂，然後緩緩彎下身，伸出剩下的左手，從地面上鬆開的右手拾起了斧頭。

方才的巨漢慌忙準備再次揮刀，但晚了一步。橫向劃出一道圓弧的斧頭，將他健壯的身軀攔腰劈成兩半。巨漢一臉驚愕，上半身倏地滑落地面，大量血液從斷口像是噴泉般噴出。

眼前這個人已經不是人了。眾人在此時才終於理解這一點，各個臉色大變，紛紛逃往屋內、或往牆外奔去。

人鬼沒有再理會眾人，踏上簷廊，不斷往屋內走去。在屋子裡，他被沿路撞見的人砍傷、也有人豁出去直接撞上來，身上的傷口越來越多，但他仍然沒有停下腳步，將擋路的人一一排除，一個勁往裡走。

「……人鬼是不死之身嗎？他感覺不到痛嗎？」

「他的魂魄已經完全被鬼芽侵蝕了。沒有魂魄就不會覺得痛，用人的軀體使出那樣誇張的力氣。」

「人的軀體？怎麼會……」

「身體還跟普通人一樣，只是失去自我，一口氣使出一輩子的力氣。」

「就像火場的傻勁那樣嗎？」

「我聽不太懂，不過應該就是你說的那樣。總之絕對不是不死之身。」

「可是……那個男的頭上長了角啊！」

「在場的人沒有人看得到那對角。一般人是看不見的。」

只有很偶爾會有非常敏感的人，或者像法師、修道者等，有修行經驗的人看得見。聽大嘴巴小鬼這麼說，駒三突然想到，在繪草紙或故事中提到的鬼，或許就是這些人留下的紀錄。

「我也能看得見，是因爲你們的神通力嗎？」

「不是，」孩子般的鬼帶著心痛的神情抬頭看駒三：「駒三看得見那對角，是因爲駒三體內有鬼芽。」

咦？他張開口，腦中瞬間一片空白。待駒三想通話中的意思，竄遍全身的恐懼讓他一陣戰慄。

「我體內有鬼芽……把人變成那種怪物的種子，沉睡在我體內嗎？怎麼可能……」

「是眞的。你看得見我們的存在，就是最好的證據。普通人是絕對看不見我們的。」說完，小鬼暫時閉上了大嘴巴，投來憐憫的目光。

「這是前世種下的鬼芽，不是駒三的錯。不過再這樣下去，駒三體內的鬼芽不久後也會破裂。」

若是失去女兒或妻子，悲憤之下鬼芽一定會破裂，吞噬駒三的魂魄。過去見的鬼如是說。

「該怎麼辦……我要怎麼做才能繼續當人？阿福和我老婆、還有一切的一切，我都要放棄嗎？」

「我也不知道該怎麼做才好。但不能放棄，這一點我很確定。」

心生放棄、自暴自棄的靈魂，是鬼芽最上等的養分。人會更輕易地被吞噬。

駒三緊緊抓住胸口的衣襟。

裡頭的鬼芽現在是否也正怦怦地跳動著呢。湧上心頭的不安，讓駒三流了滿背的冷汗。

「鬼芽的力量不只這樣。」小鬼的聲音像是窮追猛打般再度響起。

萌芽的鬼芽會播下新的爭端之種。怨恨會成爲下次爭端的火種，冤冤相報的連鎖無窮無盡，引發動亂，最終招致戰爭。在漫漫時光中，喪失無數的人命。

小鬼所言絕非誇大其詞，駒三非常清楚。住在那幢宅邸的領主和家臣，也有他們的家人，其中一定有人會將矛頭指向其餘雫井鄉的居民。而悲劇絕不會僅止於雫井，周遭的領主會跟著疑心暗鬼，對人民管轄更加嚴苛，反招致農民的怨恨。

這是現今的雫井絕對不能播下的惡種。深受其害的不會是成鬼的自己，而是心愛的阿福和妻子。

駒三總算想通當初爲什麼會建造鬼神神社了。

在流了許多血之後，爲了憑弔這些人的亡靈，才建造這座祠堂。把假的鬼臂當成神體供奉，將鬼奉爲神，也是祈願惡鬼不要再度現於世。

「絕對不能犯下同樣的錯，不然就辜負了千年來鄉里人們的祈願。」

他不知不覺間喃喃地脫口而出。

大鏡子裡的鬼，終於來到宅邸的最深處。不知是領主或豪族的宅邸主人跌坐在地，拚命求饒。然而人鬼依然毫不遲疑的手起斧落。宅邸主人倒臥在血泊中，同時人鬼也靜止不動。

全身被血染成紅黑色、仰天倒下的姿態，正是獨臂鬼。

回過神來，駒三回到了雫井神社前。三個小鬼已經不見蹤影。

茫然若失地回到家中，駒三夜不成眠，想了一整晚。就這樣到了早上，他前往距離雫井二里遠的村莊，一間負責運貨的店，跟裡頭的人確認了某件事。

回到鄉里的駒三，立刻到隔壁拜訪鄰居金次。

「別說傻話了，我怎麼能對你做出這麼過分的事！」聽完駒三的話，金次漲紅了那張雙頰凹陷的圓臉怒吼著。

「雪停後已經過了三天，倉庫裡的米，明天上午會運出代官所。我到村裡去確認過了。沒時間猶豫了，你也沒辦法拋下父母和小兒子去送死吧？」

金次的臉色一沉。駒三耐心地勸說自小一起長大的金次，說服他已經別無他法。

「求你了，除了你，我沒有別人可以拜託。雫井寺的慈泉和尚那邊，我等會兒就去跟他談。只要住持出面，沒有人會置之不理的。」

好不容易說服心不甘情不願的金次，駒三接著前往位於鬼神神社相反方向的雫井寺。

與駒三歲數相差無幾的住持，起初還是試著勸阻，但駒三說出了他聲稱從已逝的祖父口中聽來、關於鬼神傳說的眞相後，住持的臉色也變了：

「那座雫井神社居然藏著這麼可怕的眞相……」

慈泉和尚是約莫五年前來到雫井寺。年輕時似乎鑽研過學問，也略通醫術，鄉里的人若是生病受傷，他會幫忙看看，將手邊的藥分給他們。這也是他在此地不算久，卻深受鄉民們敬重的原因。

「我也想過，我們一家三口離開鄉里是最好的辦法，但我實在不想拋下祖先代代珍惜的這片土地。」

現在，飢荒侵襲了全領國，離開這個鄉，也不一定能吃得飽。就算孩子能存活，金次的父母、么兒等，鄉裡的弱者也會被犧牲。身爲鄉中仕紳代表之一，駒三無論如何都想避免這個結果。

「我知道了，我也這麼希望。貧僧就照你說的，把鄉民們找來吧。」

慈泉總算答應，並說會把紗布和傷藥帶上，以防有人受傷。

隔天清晨，日出之前，鄉裡的男丁們就在慈泉和尚的號召下來到鬼神神社集合。

「明明是慈泉大人找我們來，爲什麼不是去寺裡，而是到鬼神大人的祠堂？」

所有人都一臉詫異，竊竊私語著。

「村長也說不知道爲什麼。而且現在是冬天，拿鐮刀和鋤頭要做什麼？」

依照慈泉的要求，男丁的手上都拿著農具。

「抱歉讓大家跑一趟。首先想請各位聽聽駒三要說的話。」

在慈泉示意下，駒三走上前來。金次一臉隨時都要哭出來的表情，靜靜地看著兒時玩伴。駒三簡短地講完開場白，便切入正題：

「首先有件事要讓大家知道。前天在村長大人家舉行了一場集會。」

將老人和幼兒扔進山裡等死的事，還沒讓鄉裡的人知道。村長沒想到駒三會提，心下一驚，駒三便當著他的面一五一十地告訴大家。現場立刻像捅了蜂窩似的掀起一陣騷動，眾人對村長與五名仕紳的謾罵四起。慈泉出面調解，好不容易平息了眾人的罵聲，駒三再度開口：

「沒有人想拋棄父母和孩子，與其做這麼沒人性的事，要不要試試別的辦法？我們親手拿回代官所倉庫裡的米吧。」

所有人大驚失色，全都僵住了。

「不行，要是發起一揆，我們鄉里會受到譴責的。」想到會首當其衝的村長，臉色大變。這可不是被逮捕就能了事，說不定還會有人傷亡。他拚命說服大家，這對鄉里一點好處也沒有。

「村長大人，你可別誤會了。我們不是要去搶米，是去拜託他們把米還給我們。」

「他們才不會因爲我們去拜託，就二話不說讓我們把米拿走！」群眾中的某人用嚴厲的語氣反駁駒三。

「所以我們要帶鬼神大人一起去。」

「你要把祠堂裡的神體帶去嗎！」

「不是的，」駒三搖頭：「已經過了千年，神體也喪失原有的靈驗。我們要跟新的獨臂鬼一起去找代官大人談。」

駒三環視四周，視線停在兒時玩伴的臉上：

「金次，拜託了。」

聽到自己被叫到，金次整個人抖了一下。他怯怯地走上前來，雙手緊握著長柄斧。

駒三走到離祠堂稍遠處的一墩樹木殘株旁，盤腿坐下。這株許久前被風吹倒的杉樹，只剩根部還留著，殘株上方已經被削平。

駒三捲起袖子，伸出右手臂擱在殘株上：

「金次，動手吧。」

即使握著斧頭走到殘株前，金次似乎還是無法下定決心。他拚命搖著頭，緊閉的雙眼不斷落下淚來。

「駒三、金次，你們這是要做什麼！」

眾人騷動起來，而駒三只是定定地望著好友的臉龐：

「金次，拜託你。沒有時間了。」

金次大口喘著氣，似乎終於下定決心。他緊咬著發抖的下巴，點了幾下頭，雙手緊握斧頭，高高舉起。

駒三別過臉，閉上雙眼。

「金次！快住手！」某人尖叫著。

「佛祖保佑……」金次喃喃念道，往殘株用力揮下斧頭。

上臂傳來的衝擊讓駒三險些咬斷舌頭，一陣頭暈目眩。彷彿火燒般的痛楚慢了一拍才傳來，劇烈的疼痛讓他叫不出聲，甚至差點喘不過氣。

乾脆殺了我吧，他差點就要脫口而出。

「振作點，我馬上幫你包紮。」

多虧立刻來到身邊的慈泉和尚，讓他恢復了理智。

「駒三，對不起……很痛嗎？很痛吧。」

金次無所適從地跌坐在殘株前，臉頰濺上了點點血跡。但感覺血似乎沒有想像中流得多，駒三終於轉頭看向殘株上的物事。

實在難以相信剛剛還活動自如的手臂，現在就躺在那上頭。看起來就像是什麼人做出來的假手。

他曾用這隻手臂洗臉、吃飯、握起鋤頭、扛起米袋、向老婆揮手、抱起阿福。這一刻他才感覺到一陣撕心裂肺的懊悔，但已經無法回頭了。

慈泉和尙爲他包紮完，駒三倚著他緩緩站起身。

一陣暈眩向他襲來，讓他猛地噁心想吐。他用無力的雙腿穩住身子，內心忍不住希望能像千年前的男子一般，獲得鬼的力量。

「駒三，你是瘋了不成？」村長的眼中充滿恐懼，在他身後的人們也全都鐵青著臉。

「我說了，要帶新的鬼一起去。這隻手臂，就是我的決心。」

就連再說下去也無比痛苦。金次察覺到了，在駒三面前背向他單膝跪下：

「駒三，上來吧。我帶你到代官所。」

駒三沒有推托，靠上了金次的背。同時慈泉用雙手捧起殘株上的斷臂，小心安放在事先準備好的三方台[3]上。金次背起駒三，揚聲道：

「各位，走吧。有獨臂的鬼神大人陪著我們。」

金次這句話讓眾人彷彿大夢初醒面面相覷，在彼此眼中看見了同樣的光芒，他們深深頷首。

轟然響起的吶喊，就像要撼動鬼神祠堂般響亮。

代官所位於雫井鄉東方二里處，離村莊較遠的地方。日出過後，從大門推進幾輛推車，倉庫中的米袋陸續搬出堆上推車。約莫過了一刻半的時間，就堆滿了八輛推車。壯年的代官滿意地點了點頭。

就在這時，一名門衛臉色鐵青地跑了過來：

「不好了！雫井鄉的人成群結黨地圍在門外！」

「什麼！」

代官立刻率領手下趕去，門衛所言不假，代官所的門外聚集了一大群人，人數不下兩百人，幾乎整個雫井鄉的男丁都到了。

「你們這是在做什麼！不趕快離開就要嚴懲了。」

3　譯註：「三方」為神道儀式中用來放置供品的台座，又寫作「三寶」。

代官劈頭就是一陣斥責，站在前頭正中央的人主動報上名來。

聽到駒三這個名字，代官便想起他是去年剛成爲仕紳代表的人。

他的雙頰凹陷、從鬆開的衣襟看得見瘦骨嶙峋的肋骨。這一點其他人也是一樣，但唯有他的臉色蒼白、失去血色，但直直望著自己的雙眼，像是有熊熊火光在隱隱燃燒。

男人面前，放著一座蓋著藍布的三方台。

「求求您，把我們的米還給我們。」

「別說傻話了，繳上來的年貢哪有還回去的道理。」

「要是沒有那些米，我們就撐不過這個冬天。會有幾百個人死掉。」

「你們有多辛苦我也懂，但要說苦，到處都是一樣。」

你才不懂！後方響起一聲尖銳的怒吼，眾人憤怒的附和聲此起彼落，紛紛揚起手上的鐮刀和鋤頭。

「閉嘴！還不快給我讓開！再賴著不走，我就把你們全都抓起來！」

面對代官的威脅，駒三眉頭不皺一下，只是用淡然的口氣又說了一次：

「請把米還給我們。代官大人也知道雫井鄉的鬼神傳說吧？」

「那又怎樣？」

「傳說中的獨臂鬼又出現了。您請看。」

駒三掀開眼前的藍布，露出三方台上放著的東西。乍看還以爲是白蘿蔔，定睛一看才發現居然是人的手臂，讓代官忍不住「咿！」地慘叫一聲。

「這是鬼的右手臂。」駒三正色說道，但那不管怎麼看都是人的手臂。此時，代官才終於注意到駒三右手的衣袖從肩膀處便空蕩蕩地垂下。

「這該不會是你的手吧？」

駒三沒有回答，只是將自己的手臂從三方台拾起，緩緩站起身，猛然湊向代官的面前。代官別開臉，一步步往後退。

「請把米還給我們。」駒三重複了一次：「不然像我這樣的獨臂鬼會越來越多。」

「什麼意思？」

「雫井鄉的男人，都會像我一樣這麼做。」

代官一時間啞口無言，茫然地看著駒三，一會兒便猛然回過神：

「你這種威脅誰會相信，要是沒了手臂，只會變得更窮困，惡果是你們自己要承擔！」

「我就會這麼做！」駒三身邊的金次說道，站起身來：「要我做出拋下父母和孩子這種禽獸不如的事，還不如變成鬼算了。我也要變成獨臂鬼！」

代官心想這不過就是逞口舌之快罷了，但如此放話的男子眼神沒有一絲虛假或遲疑。不只這樣，金次說完之後，他身後傳來接二連三的附和聲。

這些人說不定是認眞的——代官內心萌生了一絲接近恐懼的怯意。

「官人，這個獨臂鬼跟千年前不一樣，他不是來殺人、也不是來搶米的。他只是來跟您商量而已。」

像是跟金次一人一邊護著駒三似的、站在駒三身側的雫井寺住持也開口了。

「若是鄉里上有這麼多人失去手臂，雫井就沒有人能耕田了。這麼一來，首先受到究責的，就是代官大人吧。」

「連住持也要威脅我嗎？」

「不是這樣的。他們不是發起一揆，而是來跟您商量，能不能跟您分一些米回去。」

「分米嗎……」代官陷入沉思：「如果只是一、兩成的話……」

話才出口，駒三便毅然開口：「七成。請把米糧的七成交給我們。」

「我怎麼可能拿七成給你們！我態度稍微放軟你們就得寸進尺……」

「可可……可是，我們已經預繳了往後三年的年貢了啊！」

駒三身後的陰影中，村長探出頭來。他原先沒有想頂撞代官的意思，但聽著眼前三人的談話，忍不住脫口而出。

「只要一年就好，請讓我們緩繳七成的年貢吧。只要撐過這個冬天，明年秋天說不定就能豐收了。」

村長拚命求情，身後的男丁們也連聲附和，更有人揚言若是連這點要求也不聽，那也只能發起一揆了。

駒三手握著斷臂，直直向前舉著，步步逼近。

「請把七成的米還給我們。所有責任，由我這個獨臂鬼來扛。」

早已失去血色的蒼白手臂直湊在鼻尖，讓代官忍不住嚥了下口水。

若是無法收足年貢，不只會被恥笑爲無能之徒，說不定還會被撤官，斷了往後的升遷路。然而慈泉說的也沒錯，讓他們發起一揆的後果更糟。加上現在飢荒嚴重，若是農民自斷手臂，更會落人話柄。在領地內不用說，要是傳到江戶去，就等著被人取笑一輩子了。

雖然百般遲疑，代官還是做了決定：

「好吧，我就把七成的米借給你們一年。這樣行了吧？那些堆在推車上的米袋，你們就連車一起拉走吧。」

瞬間眾人歡聲雷動，答謝代官的呼聲傳進了宅邸內。

金次也歡欣地跑向大八車，住持和村長交換了欣慰的笑容。

駒三緩緩讓到一邊，免得擋到推車的路。

鬆了一口氣之後，傷口的疼痛才猛然襲來，又是一陣暈眩反胃，這時耳邊響起了鼓勵的聲音：「做得好，駒三，你眞了不起。」

定神一看，過去見的小鬼就在眼前。

「其他兩個人去哪兒了？」

他四下環顧，卻只看到大嘴巴的孩子。

「他們累壞了，畢竟一口氣跳了千年遠啊。」

眞是難爲他們了，駒三開口道歉，仰頭看著他的小鬼臉上堆滿了笑容：

「不用在意。用人心變成鬼，眞是想不到。駒三，你眞聰明。」

小鬼開心地誇獎他，伸手握住了他的左手，看向空蕩蕩的右手袖口，臉色又是一沉：

「但只剩一隻手臂就沒辦法下田了，你再來要怎麼辦？」

他的田就交給金次的弟弟，接下來他會到慈泉和尙那兒幫忙。向小鬼說明後，小鬼又再度咧嘴笑了開來。看著小鬼的笑容，駒三也忍不住笑了。

突然間，眼前的小鬼消失了蹤影。

「喂，過去見，你到哪裡去了？」駒三轉頭尋找。

「我就在你面前。只是駒三看不見我而已。太好了，駒三，你體內的鬼芽已經摘掉了。」

聽見過去見的聲音，駒三大吃一驚。

「眞的嗎？鬼芽眞的摘掉了嗎？」

駒三問了又問，小鬼再三保證鬼芽就在他手中。

「駒三，只剩一隻手臂會很辛苦，但你要保重。要活得久一點喔。我留了東西給你，是我之前備著的傷藥。」

之後就再也聽不到過去見的聲音了。駒三拾起腳邊的東西，撥開層層包裹的竹葉。像青苔的深綠色塊狀物，散發出淡淡的杉樹香氣。

「喂，駒三，你也坐上推車來。」

駒三笑著向金次應了聲，小心翼翼地將右手臂和竹葉包捧在胸前。

小鬼與阿民

天上人，首先造了鬼、爾後造了人
賜予鬼力量，賜予無力的人智慧
惡鬼為智慧盡頭顯化的姿態，即為人鬼
善惡與罪孽，不過是只存在於人世的道理

「光著身子，不會冷嗎？」

阿民第一次向自己搭話時，小鬼真的嚇了好大一跳。

山間已經覆上一層白雪。嚴冬中，腰間只圍了一圈綁腰，看起來應該很冷吧。

身高跟他差不多的女孩，直勾勾地盯著小鬼。

人類不可能看得見自己。她應該是在跟其他人說話吧，小鬼心想，四下張望，但身邊沒有其他人。小鬼怯怯地開口：

「……妳，看得見我嗎？」

「看得見。你的頭髮綠綠的，皮膚紅紅的。」

女孩往前踏出一步，朝著小鬼伸出手。由於太過震驚，小鬼動彈不得。女孩輕撫著小鬼頰邊的頭髮，吸了吸鼻子：

「好像春天軟軟的嫩葉……而且味道好好聞，是初夏森林的味道。」

就連眼睛和鼻子比人類靈敏的鳥獸，也無法辨識出小鬼的存在。

——你們這些鬼的存在太過理所當然，凡間生物是看不見的。

山裡的女神曾經這樣告訴他。山神大人住在天界，偶爾會下到山裡來。山神大人很美麗、溫柔，但就連她也不曾碰觸小鬼。

這還是小鬼有生以來第一次被他人觸碰。纖細的手指摸到藏在髮絲間的小角。

「哇，好癢！」

小鬼忍不住抱頭蹲了下來。緩緩抬起頭，女孩一臉不可思議地看著他：

「你頭頂的那個是什麼？」

「這是角。」

「角？角不是只有野獸和鬼才會有的嗎？」

「嗯，我是鬼啊。」

「你是鬼？」孩子愣了愣，用兩根手指頭將嘴角拉開：「我聽說鬼像山一樣大，臉長得這麼可怕。」

「那樣一點也不可怕，臉好怪。」小鬼哈哈大笑，女孩也鬆開手，一起笑了起來。

「我叫阿民，你叫什麼名字？」笑夠了之後，女孩問。

「我沒有名字，山裡的女神大人叫我小鬼。」

「那就是小鬼。」

兩人相視而笑時，遠遠的高空傳來宣告夜色降臨的鳥鳴。阿民倏地仰起頭：

「糟糕，沒時間了，我該走了。」

「走……要回去了嗎？」

這裡是連獵人都鮮少踏入的深山林區，離山腳下有人煙之處十分遙遠。

小鬼一直以來都是這樣過，也從不覺得怎麼樣，此時卻突然感到一陣寂寞。

然而阿民搖了搖頭：「不是，我在找我弟弟。」

「弟弟是什麼？」

阿民努力解釋給小鬼聽，但別說手足了，小鬼也沒有父母，所以怎麼也聽不懂。

「啊啊，是同一個母親生下的同種啊。」

想起鳥獸交合的樣子，小鬼總算明白。

「是嗎，小鬼沒有弟弟，也沒有娘啊……眞可憐。」

「可憐？爲什麼？」

「因爲爹娘會疼愛孩子啊，尤其是娘更好，很溫暖、又溫柔，我最喜歡我娘了。」

「娘是這麼好的東西嗎？」

阿民大大地點頭，小鬼忍不住浮現了羨慕的表情：

「眞好，我也想變成人，讓娘疼愛我。」

「弟弟也很可愛喔，小小的、香香的……不行，我得趕快去找他。」

想起自己的目的，阿民慌張了起來。

「阿民的弟弟進到這座山裡了嗎？」

「不知道，他三天前不見了，我怎麼找都找不到。」

所以她才會獨自進到深山裡。

「他總是在我背上嚶嚶地哭，自己一個人一定很害怕，要趕快找到他……」

「那就交給我吧。」小鬼挺起胸膛：「這座山和森林的事，我什麼都知道。」

「真的嗎？」

「妳等著，我馬上問問森林。」

「問森林？」

阿民歪了歪頭，小鬼沒有回答，走向一邊高聳的杉樹，用紅紅的雙臂抱住無法環抱的粗大樹幹，將前額貼上去。小鬼維持這樣的姿勢好一陣子，然後抬起頭。

「是嗎，謝了。」他向高高的樹梢道謝，接著轉向阿民：

「它說這座山裡除了妳沒有其他人了。」

「那棵杉樹這麼說嗎？」

「不是，我是透過這棵樹，問了山裡的每一棵樹。」

樹木的枝幹中有水流過，經由樹根與土中細小的水脈相連。也就是說，這座山裡的每一棵樹木都透過水彼此相連。小鬼如是說：

「結實的秋天結束了，沒有人會來採集果子和蕈菇，野獸也開始冬眠，所以也沒有獵人。大家都說山裡靜悄悄的。」

「是嗎。」阿民的失望顯而易見。垂下的肩膀瘦削，沒有孩子該有的圓潤。

「他到底跑到哪裡去了……明明還只是個小寶寶……」

「小寶寶是什麼？」

「就是剛出生還不滿一歲的小孩，所以也還沒取名字。娘總是忙著農活，所以都是我在照顧他。」

由於許多嬰孩不滿一歲就會死去，爲了不要太快有感情，在活過一歲之前不取名字是鄉里的習俗。

小鬼從未離開山裡，對人世間的事什麼也不知道。山裡的野獸有些出生沒多久就會走路了，所以他並沒察覺到，出生不滿一年的人類嬰孩，不可能自己進到山裡。

阿民似乎也深信弟弟是自己不見的。她擔心地看著小鬼：

「說不定是在下一座山裡，要快點……要快點找到他，不然就太可憐了。」

一直蹲著的阿民費力地抬起小小的屁股，身子卻一陣不穩。

「怎麼了，阿民，妳不舒服嗎？」小鬼扶起又一屁股跌坐在雪地上的阿民。

「不是，只是肚子餓了而已。」

一問之下，她從三天前開始找弟弟就什麼也沒吃。得讓她吃點什麼才行，小鬼想著，但山裡能吃的東西都沒了。

「真傷腦筋……要是能抓魚給妳吃就好了，但我沒辦法碰腥臭的東西。」

小鬼用手搔著綠色髮絲下的腦袋，阿民緩緩搖頭：

「不用了……我什麼都不要。在找到弟弟之前，我什麼都不想吃。」

「但不吃點東西也沒辦法去找妳弟弟吧。啊，對了！」小鬼碰地敲了下手：

「雖然沒辦法塡飽肚子，我可以幫妳補補氣！」

小鬼又跑回剛剛的杉樹邊，大口吐氣直到肚子都凹陷了，然後將嘴靠上杉樹的樹幹上，深深吸氣，將山的精氣吸進胸口。就這樣重複好幾次，直到肚子變得鼓鼓的，又跑回阿民身邊。

要是一個不注意，吸進的氣就會跑出來。小鬼用左手捂住嘴，右手捏住阿民的鼻子。阿民無法呼吸，張開了嘴。小鬼將嘴湊了上去，把體內的精氣一點一點吐進阿民體內。

「怎麼樣，阿民，有好一點嗎？」

小鬼鬆口後問道。阿民有些訝異地摸著肚子：

「……肚子還是餓，但這邊暖暖的。」

「這是我平常在吃的山的精氣。」

「感覺又有力氣了，這樣就可以去找弟弟了。謝謝你！」阿民笑著說。

太陽已經下山，山裡一片漆黑。小鬼擔心地問：「這麼暗，妳要到下一座山去嗎？」

「對。」

「萬一……萬一妳弟弟也不在那裡，要怎麼辦？」

「那就再到下一座山。」阿民答得理所當然。小鬼想了想，對阿民開口：

「這樣的話，阿民，我帶妳去吧。」

「……你要跟我一起去找嗎？」

「沒錯。有我在的話，到下一座山也能馬上問到妳弟弟在不在吧？」

「嗯。」

「從一座山到下一座山，我跑得更快。所以阿民，妳到我背上來吧。」小鬼背向阿民，蹲下身來。

「可是揹著我的話，小鬼會累吧。」

「不用擔心，阿民這麼小，一定跟初春的兔子差不多重而已。」

「小鬼還不是一樣小。」阿民忍不住笑著，坦率地趴上了小鬼的背。

阿民比小鬼以爲的還要輕，簡直就像揹著空蕩蕩的軀殼。

「要走了，阿民。抓穩囉！」

阿民細瘦的手臂緊緊環住小鬼的頸間，小鬼拔腿奔馳。

背上先是傳來阿民的尖叫，然後是銀鈴般的笑聲：

「好快、好快喔，小鬼！你好厲害，好像變成風一樣。」

「這還不算什麼呢！我還可以跑得更快！」

耳邊的笑聲讓他好開心、好開心，小鬼就這樣穿越黑暗的林間。

越過一座山，馬上又看到下一座山，連綿的山峰沒有盡頭。一天之內就輕巧地越過了五座山，小鬼揹著阿民，不斷不斷向西去。

不管身子再怎麼累，小鬼也不在意。只希望往後的幾百年都能像這樣跟阿民在一起。

小鬼最害怕的，是這段快樂的旅程來到終點。要是找到阿民的弟弟，旅程就結束了。不過只要能看見阿民開心的樣子，小鬼倒也覺得不壞。

然而兩人的旅程卻因爲意外的理由告終。原該沒有終點的山，來到了盡頭。眼前是一片遼闊的平地，再前方是小鬼和阿民有生以來第一次看見的，無邊無際的泉水，往遠方拓展開來。

「山沒了……山居然有盡頭……」小鬼茫然地悄聲自語。他一直深信著山峰會不斷綿延，沒想到卻在西方來到盡頭。

頸後傳來啜泣聲。小鬼轉過頭，看到阿民悲傷的表情、眼淚不斷從雙頰滑落：

「怎麼辦，小鬼……我弟弟、那孩子，是不是跑到那片大水窪的另一頭了……」

小鬼從未離開過山裡。別說是海了，連人類居住的鄉間都沒去過。小鬼不知該如何回答，只是揹著哭到開始打嗝的阿民，無所適從地站在原地。

不知道這樣站了多久。突然吹來強烈的陣風，小鬼站不穩，跟阿民一起跌坐在地。

「這不是東山的小不點嗎？跑到這種地方來做什麼？」

巨大的黑影將他們罩住，聲音像是從天邊傳來。

「啊，黑鬼！這不是黑鬼嗎！」

眼前的身影有著黑得發亮的肌膚、灰色的髮絲，頭上長著一根巨大的角。

彷彿被嚇到忘記哭，阿民愣愣地張大了嘴，看著眼前高大的鬼。

「我記得是大概一百年前的事了吧。」黑鬼像是在說三天前的事。

約莫百年前，黑鬼在小鬼住的東方山裡現身。

——小鬼、小鬼，幫我打開那座泉水的入口。

某天，山裡的女神大人又突然出現，匆忙地要求小鬼。

——等我走了，再馬上把泉水藏起來。等一下應該會有個高大的黑鬼過來，聽好了，絕對不能告訴他泉水在哪裡。千萬不能告訴他我有來這裡。

小鬼依照吩咐，打開泉水的蓋子，待女神大人進去之後，又用周遭的樹枝將泉水覆蓋起來，小心藏起。沒多久，黑鬼就出現了：

「喂，小不點，山裡的女神來了吧。」

「她沒來。」

「少騙我了，這一帶還有她留下的香氣。」黑鬼吸了吸高挺的鼻子：「女神在哪裡？她躲去哪兒了？」

「我不知道啦。」

「裝傻也沒用，我會施展過去見的法術。不管女神躲在哪裡，只要我想就可以看到。」

「過去見是什麼？」

黑鬼解釋給他聽，小鬼這時才第一次聽說過去見這種法術。

「哇，可以看到過去……你也太厲害了。」小鬼由衷感佩。

「懂了吧，所以乖乖告訴我吧。」

「不要，誰要告訴你！」

看小鬼怎麼也不肯洩露，黑鬼乘著陣風，在東山四處尋找，但怎麼也找不到被嚴密封印的泉水，只好悻悻然地離開了。

——謝謝你，小鬼，多虧有你的幫忙。那個黑鬼貪圖女色，已經有好幾個天女慘遭他的毒手了。

小鬼聽不太懂這話的意思，但山神大人大大地誇獎了自己。

「啊，對了！」想起百年前的事，小鬼大叫起來：「過去見！使出過去見的法術就好了！」

「你在說什麼？」

「黑鬼，拜託你，爲阿民使出過去見之術吧。」

只要看到阿民弟弟不見的時候，就能知道他現在在哪裡，小鬼是這麼想的。然而黑鬼卻一口回絕：

「別說傻話了，過去見之術只能爲天上人使用，就連我也不能擅自施展。」

「這麼說，你說要用來找山神大人是騙我的嗎？」

「少囉嗦，你也騙了我啊！」

黑鬼惱羞成怒，往小鬼的腦門用力敲了一記。小鬼抱住頭，黑鬼繼續說道：

「再說那個小女孩是怎麼回事，她爲什麼看得見我們？」

「不知道，我也是第一次。我第一次跟人類的孩子說話。」

小鬼笑得正開心，拳頭又往他的頭招呼過來。小鬼匆忙閃避，繼續懇求：

「拜託啦，黑鬼。我什麼都願意做，你爲阿民施展過去見之術嘛。」

「我就說辦不到了。要是被天上人知道我爲人類施展過去見之術還得了，我跟你都會變成沙。」

鬼死後，肉體會變成沙礫。在天界與人界的交際處「硲」，有著一整片不斷落下的沙堆積而成、鬼的墳場。

「你如果不想到墳場，就趕快扔下那個人類小孩吧。」

不管再怎麼拜託，黑鬼都不肯點頭。大概是明白狀況了，阿民又開始抽抽噎噎起來。

看到阿民哭，最讓小鬼難受。他絞盡腦汁：

「……如果……如果、我說能讓你見山神大人……也不行嗎？」

灰色短髮下的尖耳朵動了動。

「山神大人應該就快下凡了。」

「你是說眞的嗎？」

跟頭髮同爲銀色的眼瞳散發出不同的光芒，紅色的舌頭舔了舔嘴唇。

「眞的。跟去年和前年一樣，今年山裡的結實也很少。如果沒有山神大人的氣，春天就沒辦法抽芽了。」

「是嗎……那個女神實在是小心謹愼，不管我追多少次，總是被她逃掉。」

「我會告訴你山神大人躲在哪裡……你願意施展過去見之術嗎？」

在此之前，小鬼從未想過要背叛女神大人。愧疚感壓得他喘不過氣。即使如此，小鬼還是想實現阿民的心願。

小鬼所言十分吸引人，黑鬼陷入了沉思：

「那個女孩想看的是多久以前的過去？」

小鬼不會數數兒。他困窘地望向阿民，阿民拗著指頭算起來：

「弟弟不見以後，我找了三天，遇到小鬼以後，又找了三天。」

「六天前嗎……這樣也不用跳多遠，說不定不會被天界發現。」

「你願意施展法術嗎？」

「你眞的會告訴我女神在哪裡吧？」

「我答應你！」小鬼大聲承諾。黑鬼搖響了手中的錫杖：

「喂，小妞，專心念想妳要看的是什麼時候、什麼地方。」

被黑鬼這麼一吼，阿民怯怯地瑟縮起來。小鬼握住阿民的手，慢慢地問：

「阿民，妳最後一次看到弟弟是在哪裡？」

「嗯……在家裡的地爐旁邊，我把他哄睡了放進搖籃，然後就去打水……」

傍晚回到家裡，就沒看到弟弟了。阿民傷心地說。

「那就是去打水之前，妳專心想著要再看一次弟弟睡著的樣子。」

阿民點頭，握著小鬼的手，閉上雙眼。

嘰——地一陣金屬聲響刺痛耳膜。地面猛地晃動，小鬼握著阿民的手向後仰倒，阿民也跌在他的肚子上。

「到了。」頭上響起黑鬼的嗓音。小鬼緩緩睜開眼，回過神來，耳鳴跟地震都平息了。

手持錫杖的黑鬼站在一邊，凝視著前方。他的視線彼方，像是黑暗褪去般、浮現一輪圓圓的光。

「來吧，阿民，快看。可以看到過去世喔。」

「……好黑，我什麼都看不見。連前後左右都分不清。」

阿民趴在小鬼的肚子上，轉頭窺視四周。

「在這邊，阿民……就在正前方，妳仔細看。」

小鬼扶著阿民起身，將她轉向光輪的方向。

凝神細看了一陣，阿民小聲地叫出來：「是弟弟，我看見弟弟了……」

「嗯，阿民也在旁邊。」

阿民蹲在搖籃旁，盯著弟弟的睡臉。相同的微笑，也在身邊的阿民臉上漾開。

這是小鬼最後一次看見阿民幸福的表情。

「磨磨蹭蹭的，我要把時間調快喔。」

阿民去打水後，嬰孩睡在搖籃裡的畫面一直沒有變動，心急的黑鬼將時間的進程加快，搖籃前方火光的搖曳也跟著變快了。終於有人影來到地爐旁，阿民悄聲道：「……是爹和娘……」

父親將嬰孩從搖籃中抱起，母親跟在他身後，兩人走出家門，來到緊鄰的倉庫。父親將嬰孩放在泥土地上，轉頭說了些什麼。過去見之術聽不見聲音，不知道他究竟說了什麼。只見母親雙手握在胸前，像是在祈禱般緊閉雙眼，頻頻點頭。

就在這時，嬰孩突然像著火似的大哭起來。就算實際上沒有聲音傳來，彷彿也能聽見那刺耳的哭聲。父親用大手封住了那張小嘴，痛苦地別開扭曲的臉，同時雙手猛地一陣用力。在他背後的母親，眼淚簌簌地往下掉。

不斷揮舞著的小小手臂，痙攣地抽動了幾下，無力垂下。

父親鬆開手的同時，母親像是替補上來般奔向嬰孩，用力地將他抱緊，但懷中的嬰孩已經一動也不動。

時間流轉，來到當天晚上。

一家六口坐在地爐邊，圍著鍋子。好久沒能吃一頓飽餐，三個孩子的臉上都洋溢著開心的光輝，但包括祖母在內的三個大人，則是臉色陰沉。

「原來如此，是這麼回事啊。」倚著錫杖的黑鬼輕輕嘆了口氣。

「……他們明明說……那是兔肉鍋的……」

喃喃地這麼說的阿民，眼神一片空洞。

黑鬼再度用力揮了一下錫杖。

回過神來，三人又回到西山的山頂上。

小鬼向呆坐在地的阿民明快地開口：「太好了，阿民。知道妳弟弟在哪裡了。」

「……是我……是我把孩子……吃掉了……」

「嗯，弟弟在妳肚子裡。阿民和爹娘吃掉他，他變成你們的血肉了。」

「喂，別說了。」黑鬼制止天真的小鬼：「人類忌諱同類相食。」

小鬼聞言愣住：

「為什麼？魚蟲鳥獸都會吃同類啊？」

「是啊，沒錯。人類是唯一厭惡吃同類的物種。」

小鬼依然不明就裡地仰頭望著黑鬼：「父母把小孩或蛋吃掉一點也不稀奇啊。你知道嗎？野獸都會從眼珠子開始吃喔。眼珠子應該是最好吃的吧。」

對小鬼而言，這不過是每天在山林間所見自然風景的一環。到底有哪裡不對，他完全無法理解。

黑鬼無奈地搖了搖頭：

「人類跟我們鬼不一樣，他們被賦予了智慧。智慧會生出敬畏，爲了逃離敬畏帶來的恐懼，他們設下了許多禁忌。同類相食就是其中之一。人是最厭惡吃同類、尤其是吃朋友或親人的。」

「那爲什麼阿民的爹娘要吃掉小寶寶？爲什麼要讓阿民他們吃？」

「應該是不這麼做就沒辦法活下去了吧。」黑鬼的表情就像是嘴裡含著什麼難吃的東西：「你剛剛也說了，這幾年山裡的結實不足。不只山裡，人類居住的鄉里也是一樣。」

食物不夠，只好將無法成爲勞動力的老人拋棄、減少孩子的人口。眞的沒有食糧，爲了存活下去只好吃他們的肉。一次次的飢荒，在人間布下逼人觸犯禁忌的濃重陰影。

「那阿民是……因爲吃掉弟弟所以很傷心嗎？」

「應該不只是這樣吧。就算再怎麼不齒自己的所作所爲，弟弟也不會回來了。她的內心應該充滿了詛咒、憤怒，和想要將自己撕裂的憎恨吧。」

小鬼忍不住轉頭看向阿民，這時他發現了。

阿民依然茫然地坐著，但從她的側臉看得出額頭微微鼓起。

「那……是什麼？看起來就像角一樣。」

「你說角？」黑鬼瞪大了雙眼凝視阿民：「這孩子該不會……喂，慢著，不要隨便靠近她！」

小鬼聽不進黑鬼的制止，跑到阿民身邊，在阿民跟前跪下，看著她的臉。說時遲那時快，阿民撲向了小鬼。

「阿……民！妳怎麼了，阿民！」

阿民把小鬼壓倒在地，跨坐上來。阿民的臉就在眼前。小鬼這時才終於察覺，阿民的神情已經完全變了樣。

她的雙眼閃著紅光——小鬼看見這樣的光景。

阿民緊咬著牙，牙縫中洩出像是低吼的聲音。就像要襲擊獵物的野獸。

最讓人不解的，還是她的前額。

她的雙眉上方、靠近髮際線之處，看得見明顯的尖端突起，在盯著看的時候也不斷伸長，劃出一道圓弧狀的線條。無庸置疑，就是一對角。

「為什麼……人會長角……」

小鬼茫然失措地仰望著阿民時，阿民的雙手扣上他的頸間，猛地用力收緊。

「阿……民……住手……」

小鬼拚命想撥開她的手，阿民卻紋風不動。力氣之大讓人不敢相信。咕！小鬼喉間洩出彷彿被壓扁的青蛙的聲音，喘不過氣來。

這不是阿民——是其他的什麼東西，有某個神祕的怪物附在阿民身上，操控她的身體。

小鬼無法呼吸，視野漸漸模糊。在逐漸飄遠的意識中，彷彿聽見黑鬼的怒吼，然後是「嘎！」一聲野獸般的叫聲。壓在喉間的重量突然消失了。

「喂，小不點，振作點！」

臉頰被拉扯的痛楚，讓小鬼不禁睜開了眼：

「……不要……好痛……」

勉強擠出沙啞的聲音，像是也將原先受到壓迫的氣管給撐開，小鬼猛地咳了起來。

「真是的，淨給我添麻煩。」

嘴上說得凶狠，黑鬼其實暗自鬆了口氣。然而就在黑鬼不設防的當下，小小的身影又再度撲來。「好痛！」黑鬼叫出聲來，阿民緊緊地咬住他的手臂。

「這個怪物！」

黑鬼拚命將她扯開，但阿民就像發了狂的狗不肯鬆口。

「阿民……快……住手……」

小鬼連坐也坐不起來，根本無力阻止。黑鬼怒火攻心，往緊咬著右手上臂的阿民前額就是一拳。

啪嘰！響起了骨頭碎裂的聲音，阿民往後飛了身高的幾十倍遠，撞上一棵松樹的樹幹。

「阿民！」小鬼連忙就要往她跑去，被黑鬼一把擋住。

「算了吧，那已經不是阿民了。是叫人鬼的怪物。」

「人鬼？」

「額頭長了兩支角，就是人鬼的證據。」

靠在樹上垂頭坐著的阿民緩緩抬起臉來。應該是被黑鬼的拳頭打中，額前的一支角斷了。但阿民的神情依然像野獸一般，惡狠狠地瞪著兩隻鬼，站起身來。

「沒辦法了……看來只好殺了她。」

「不要，黑鬼，快住手！」

「別礙事！她現在這個樣子，已經不可能變回人了。」

但小鬼還是緊緊地巴著黑鬼。就在兩人拉扯不下的同時，阿民的喉間傳出動物般的低吼，向他們走來。

「滾開！就算她的肉體只是個孩子，要是不留神連我們都會被幹掉！」

黑鬼將小鬼甩開，轉身面向阿民。

「住手，黑鬼！拜託不要殺死阿民！」

小鬼悲痛地哭喊著，黑鬼還是高高揚起拳頭。

就在這時，阿民突然停下動作，原先失去理智的眼神開始聚焦，與小鬼對上眼：

「小……鬼……」

「……阿民……是我……妳認得我嗎？」

阿民淺淺一笑，向前倒了下去。

小鬼連忙趕到她身邊，但阿民已經沒了呼吸。

黑鬼伸手拭去額前的汗水：

「她好一陣子沒吃飯，所剩的力氣也不多了吧。把所有的力氣一口氣用完，身子也撐不住了。」

化爲人鬼者，會使出非比尋常的力氣。但那超出人體負荷的力量，也會削減當事人的性命。

黑鬼的解釋完全傳不進小鬼耳中。他撐開阿民的嘴，拚命將自己的氣吹進她口中，但不管他多麼努力，阿民依然一動也不動，不出聲，也不笑。

「阿民……阿民……快張開眼睛……拜託妳，不要死……」

小鬼抱著阿民的屍體，拚命懇求。

「喂，沒時間讓你在那邊哭了。看來我們被發現了。」

黑鬼氣惱地抬頭望著上空，就在這瞬間，四周被一道刺眼的光芒包圍。

跟過去見的時候有些不同，在泛著淡黃色的暖光包覆下，身體輕飄飄地浮了起來。光芒太過明亮，讓他們睜不開眼，即使如此，小鬼依然沒有放開阿民。

待小鬼終於睜開眼，山、樹木、綿延到遠方的海，全都消失了。

「你們兩個給我惹出大麻煩了呢。」

眼前是身著華美羽衣、有著前所未見美貌的天女。

千年之罪

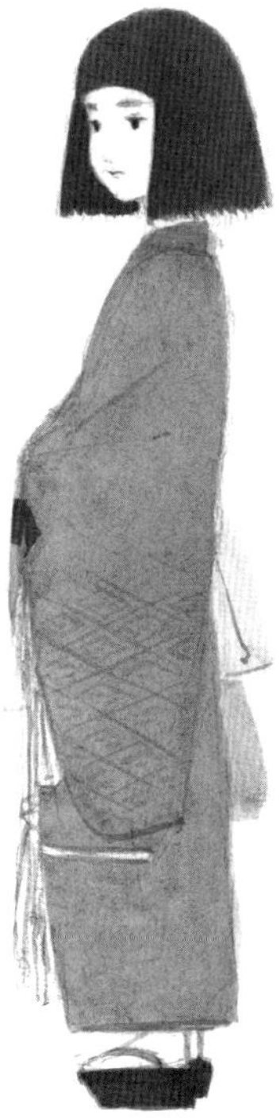

生命如波濤
誕生、粉碎，爾後沉入喚作硲的水底
靈魂在硲得以淨化，又將賦予新生
鬼芽寄宿者將被排除在輪迴之外，此乃宿命

「這裡是哪裡？」小鬼睜大雙眼四下張望。放眼望去是一片雪白，籠罩在一片乳白色的霧氣中。

「這裡是『硲』。是天界和人界的交界處。」

響起了宛如溫柔鈴音般的嗓音。山中女神十分美麗，但眼前的天女有著更神聖不可侵犯的美。就連黑鬼也忍不住吹了聲不合時宜的口哨：

「我見過不少天女，還是第一次看到像妳這麼上等的。」

他下流的言行讓天女微微蹙起眉：

「你有多好色，就連天界也有所耳聞。甚至有人認爲應該好好懲罰你……」她向黑鬼投來譴責的目光：「這次的事倒成了個好理由呢。居然濫用過去見之術，還造出了人鬼。」

「哼，別開玩笑了，擅自施術的事先不說，人鬼可不關我的事。這小妞原本不該看見我們的，但她卻看得見，可見她打從一開始體內就寄宿著鬼芽了。跟我們無關，她本來就遲早會變成人鬼。」

「人鬼什麼？鬼芽又是什麼？」

小鬼抱著阿民插嘴。天女用充滿憐憫的眼神看著他：

「懷著純潔之心犯下罪行，有時就會生出鬼芽。」

「罪行……是說吃了弟弟的事嗎？爲什麼這會是罪行？野獸和禽鳥都會這麼做……」

「我剛剛不是說了嗎，因爲人類認定這是罪。」黑鬼不耐煩地回答，天女也點頭。

「所謂的罪，是由人的智慧生出的。只要他人、或是自己認定是罪，那就會成爲罪，折磨那個人的心。」

「最有趣的是，隨著時間過去，規範和禁忌也越來越多。」黑鬼笑著說：「眞搞不懂，人類爲什麼要這樣讓自己越來越難生活。」

他嘲笑著人類不斷增加自身束縛的愚蠢行爲。

「我們鬼族沒有罪惡、也沒有天譴，沒道理被找來這種地方啊。」

「你們要遵循天上的道理。這次的事雖然不必受天譴，但必須負起責任。這一點絕不寬貸。」

天女說完，黑鬼不悅地垮下了臉。天女不理會他，彎下身，將美麗的臉湊近小鬼：

「這女孩也對自身犯下的罪感到無比羞恥吧。因爲無法承受，所以體內才生出鬼芽。」

天女大人的話在小鬼腦中迴盪，小鬼忍不住覺得奇怪：

「可是阿民不知道自己吃了弟弟呀，所以才會一直到處找弟弟。那是爲什麼……」

「她或許是使用了遺忘的咒語吧。」

「遺忘的、咒語？」

「遇到難以忍受、活不下去的痛苦遭遇，人類有時會使用遺忘的咒語。」

「那小妞應該早就知道，那天她吃的肉根本不是兔子。」黑鬼的目光落在小鬼懷中：「只要有契機觸發鬼芽破裂生長，就會變成人鬼。你也看到了吧，那就是人鬼。碰到人就殺，再也無法恢復神智。就這樣一直到死，直接下地獄。」

「地獄……阿民也會下地獄嗎！」小鬼猛地睜大了眼，抱著阿民的雙手更用力地抱緊了些：「不可以，阿民什麼壞事也沒做，拜託不要讓她下地獄！」

「小鬼，小鬼，你冷靜一點。我想應該不用擔心。」天女溫柔地安慰著緊抱一動也不動的阿民的小鬼：「這女孩確實變成了人鬼，但所幸她沒有殺害任何人。她不會下地獄的……只是，」天女臉上的微笑蒙上一層陰影：

「被鬼芽寄生的人，就不能再賦予生命。」

咦？紅紅的臉蛋仰頭望著天女。

「這是什麼意思？」

「不管是人，還是其他生物，她都不能再轉世。會從生命的輪迴中剔除，靈魂就此消散。這就是她的宿命。」

鬼芽一旦寄生於生命，就不會輕易放手。就連天上人也無法根除，只要吸收了怨恨或痛苦，便會再次萌芽。人類不用說，就算生為鳥獸，也會發狂化為異形之物。

所以這樣的靈魂不能重獲新生，只能在「硲」迎向消逝的死亡盡頭。天女解釋道。

「這麼說，阿民就這樣死掉嗎？在這邊分開之後，我就再也見不到阿民了嗎？」

「就是這樣。」

「我不要！我不要這樣！阿民太可憐了！」

小鬼將懷中的阿民抱得更緊，像是決心不放手。額前生出的角如今已經不見蹤影，阿民看起來就像睡著了一樣。

「你看好了，小鬼。」

天女優雅地高舉右手，飄散在四周的乳白色霧氣散去，眼前的景色全然不同。

「好美！」那瞬間，小鬼甚至忘了阿民，張大嘴抬起頭。

眼前的景象是如此莊嚴。

小鬼身在高塔中，就像被細長的卷貝罩住，圍繞四周的筒型牆壁閃著耀眼的白磁色光輝，不管頭抬得再高也看不見天邊。像是從牆壁延伸出來、貝殼似的道路，呈螺旋狀無窮無盡地延伸。

沿著這條道路旁的內壁有無數孔洞，就像蜂巢般整齊排列。順著螺旋的道路往上走的，是各式各樣的生物。

鳥獸、蟲子、甚至是沒有腳的魚，都像螞蟻般排成一排，不是用走的、也不是用飛的，就只是順著螺旋狀的高塔內壁緩緩旋轉、像是被運送上去般慢慢上升。在隊伍當中，也有人類的身影。

「那些是在人界結束生命的靈魂，維持著上輩子原先的樣貌。下一世該生為什麼樣的生命，就在這座塔內定奪。」

鳥轉世為鳥、蟲轉世為蟲、人轉世為人。不管是哪一種生物，都希望能生為與前世同樣的生命。不過若是靈魂的格局不匹配，就會生為別種生物，這樣的例子也不少見。

「那個洞只有人進去。」一直看著的小鬼，指向塔三層樓高處的某個地方。

「沒錯，那是人轉世為人的靈魂通過的地方。」

「咦，下一個男人進了隔壁的洞。那個婆婆到那麼上面的洞去了。」

天女說那分別是人轉世為野獸、以及人轉世為魚的通道。

「喔，人也會轉世為狐狸跟岩魚啊。眞厲害。」

看小鬼這麼熱切地看，天女語帶憐憫地開口：

「小鬼，不管你多麼希望，那女孩都不能進到那裡……不，不管是哪一種生命，她都無法轉世。」

紅色的臉蛋垮了下來，就連蓬鬆的綠髮也突然塌下，就像整個人縮小似的。小鬼悲傷地看著阿民：

「爲什麼？爲什麼就只有阿民……看啊，角已經不見了，她的表情也不可怕了啊。」

小鬼就像是不講道理的小孩，但天女依然耐心向他解釋：

「地獄是只爲人類而存在的，你知道嗎？」

綠髮隨著小鬼搖頭而晃動著：

「不知道。我聽進到山裡的人說，地獄是很可怕的地方，只知道是這樣。」

「追求地獄的，就是人類自己。犯了罪過就必須接受天罰。這是擁有智慧的人類自己決定的。」

所有生命都會在「硲」這裡落下前世的塵埃，進入下一世的輪迴。

然而唯有人，讓這個過程變得複雜。因爲有了智慧，前世的罪成爲難以消除的污點、緊緊依附著靈魂，無法輕易剝除。

接受天譴而贖罪。曾幾何時，這對人來說成為必要的行為。地獄就是在這樣的緣故下造出來的。

「可是啊，小鬼，就連地獄也無法拯救被鬼芽寄生的靈魂。你想像一下，靈魂就像玉石，玉石上沾染的髒污可以拭去，但缺損的傷痕是無法復原的。」

不管天女如何費心解釋，小鬼還是沒有要放開阿民的意思。看來除了強硬地將他們拉開之外別無他法。天女微微蹙起美麗的眉頭：

「沒辦法了。黑鬼，來幫我……哎呀，黑鬼跑到哪裡去了？」

明明應該在自己身後的黑鬼消失無蹤。察覺這一點的天女四下張望。

「黑鬼剛剛追著經過的其他天女跑走了。」

「他如此好女色，眞讓人頭痛。得在他惹出事端之前找到他才行。」

天女大大嘆了一口氣，要小鬼在原地等待，便轉身去找黑鬼了。

目送她揚起羽衣遠去的背影，小鬼再度低頭看著阿民的臉：

「阿民……再一次就好，張開眼睛好不好？」他輕撫那張曬得黝黑的光滑臉蛋。

就像聽到小鬼的聲音，阿民的睫毛微微地震動了一下。

接著那雙眼瞼眞的打開了。小鬼驚訝地差點把阿民的頭摔了下去：

「阿民……妳醒了嗎？妳認得我嗎，阿民？」

茫然望著上空的雙眼，緩緩在小鬼臉上對焦。

「小……鬼……」

「阿民！阿民復活了，我又見到妳了！」

小鬼緊緊抱住阿民。阿民有些難受地掙扎了一下，然後像是察覺了什麼：

「嘴裡有綠色的氣味……小鬼，你又分了山裡的氣給我嗎？」

「嗯，我吹了好多好多給妳。一定是因爲草木的精氣，阿民才會醒來。」小鬼終於鬆開阿民，開心地笑著。

「這裡是哪裡……」

「這裡是『硲』。是死掉的生命能得到來世生命的地方。」

「……我也死了嗎？死掉了，準備得到來世的生命了嗎？」

天女剛剛說的那些話，絕不能讓阿民知道。眼下有更重要的事。

「阿民，快逃吧。妳不能留在這裡。」

「逃，要逃去哪裡？」

嗯……小鬼陷入深思。他也是第一次到「硲」來，還眞想不到可以逃到哪裡。

「到哪裡都可以，我只要跟小鬼在一起就好。」

「……跟我？」

「對，跟你在一起就沒什麼好怕的。不管是要逃、要死，還是得到來世的生命。」

對了！小鬼靈光一閃。

這樣就能讓阿民逃離「硲」。這是跟阿民繼續在一起最好的辦法。小鬼蹦蹦跳跳地拉起阿民的手：

「跟我來，阿民，往這邊。」

阿民應聲，緊握住紅色的掌心。眼前還是一樣的笑容，掌中的手卻沒有溫度。或許阿民的生命眞的已經結束了。

但現在沒時間想這些，要是拖得太久，天女跟黑鬼就要回來了。小鬼拉著阿民的手，奔向螺旋的道路。

「對不起，借過！」

他們越過了蟲魚鳥獸，一路往上跑。

「小鬼，我們要去哪裡？」

「可以轉世成人的洞。我記得是在這邊……啊，找到了！」

劃出圓弧的螺旋前方，可以看到陸續有人進去。是剛剛天女說的，人投胎成人的洞。

「小鬼也會變成人嗎？」

「對，這樣就可以住在人類的鄉里，可以跟阿民在一起了。而且……」

小鬼突然閉上嘴。牆上洞的另一頭，是遼闊的白磁色大廳。接下來要轉世為人的許多靈魂，都聚在大廳正中央的地方。

「不好，是天上人。要是被發現就糟了。」

大廳各處都有穿著白色與水藍色衣服、打扮明顯不同的男人。在小鬼眼中，天上人與人類看起來完全不同。

小鬼與阿民拚命擠進人群中。

「你，到那邊去。你過去那邊。」

在大廳後方的一整面牆上，又開了數十個洞口。人們在天上人的指揮下，各自前往指定的洞口。

「那個洞是什麼？進去那裡就可以變成人了嗎？」

小鬼拉了拉身邊人的衣襬。老人回過頭，看見阿民：

「怎麼了？找我有什麼事嗎？」

老人似乎看不見小鬼，也聽不見小鬼的聲音。

「怎麼了？妳說吧。」

老人親切地在阿民面前蹲下。阿民重複了小鬼的話：

「進到那個洞裡，就可以變成人了嗎？」

「對啊。那個洞很深很深喔。」

「有那麼深嗎？」

阿民看著漆黑的洞口，瑟縮了一下，緊緊握住小鬼的手。

「沒什麼好怕的。那是通往娘親肚子的通道。」

「娘的？」

「只要進到那個深深的洞裡，大家都會變回小寶寶。」

「變回小寶寶？老爺爺，你也會變成小寶寶嗎？」

阿民不可置信地睜大雙眼。老人咧開沒牙的嘴笑了：

「雖然我現在又老又皺，最早也是個小寶寶喔。」說完，他的嘴角依然上揚，望著阿民的眼神帶了些憐憫：

「還這麼小就到這裡來，眞是可憐。希望妳下次能活到像我這樣皺巴巴再來。」

「像老爺爺一樣皺巴巴？」阿民有些嫌惡地垮下臉。老人又笑起來，用皮包骨的手輕輕覆上阿民的頭：

「活得越長，就會遇到越多辛苦的事。要忍耐的事比快樂的事多得多。不過還是有很多事情，要活到這把歲數才會明白。幸也不幸，這就是人的宿命啊。」

聽不懂老人的意思，阿民困惑地歪了歪頭。

「什麼是幸、什麼是不幸，總要隨著年歲增加才會懂……抱歉，對小孩子來說太難懂了吧。」

他又摸了摸阿民的頭，轉向前方。天上人喚了老人過去。跟阿民聊天的同時，隊伍也一直在前進，已經輪到老人了。

然而天上人的目光略過老人，看向他身後的小鬼：

「這裡為什麼會有鬼?這不是你該來的地方。」

「糟了，被發現了!」

就算人看不見，還是瞞不過天上人。

「有鬼混進來了，快來人抓住他!」

隨著天上人的嗓音，四周傳來啪噠啪噠的腳步聲。與如同貴族的天上人不同，一群怒髮衝冠、蓄著鬍、武者打扮的男子現身。

「小鬼，怎麼辦?」

「往這邊，阿民!被他們抓到之前先進躲那個洞裡!」

小鬼拉著阿民的手，從老人身邊鑽過、跑出了人群。小鬼跑向牆上並排的無數洞口。

「慢著，站住!鬼不能穿過那些洞!」

小鬼無視身後傳來的吶喊，帶著阿民跑進洞裡。

洞窟中漆黑無光，加上剛剛一直待在散發淡淡光芒的白磁色大廳，就連小鬼也完全看不見。但小鬼還是緊緊握著阿民的手，繼續向前跑。從洞窟的入口處不斷傳來怒罵及腳步聲。

啊！身後的阿民叫出聲來，差點鬆開緊握的手。她絆到腳，好不容易才用右手支撐住身子。

「阿民，上來吧。這樣比較快。」小鬼蹲下身，揹起阿民，再度向前跑。

要是在山裡，他可以一直飛奔不停，但現在身子卻莫名沉重。就像是在下雨的盛夏林間，又悶又濕又熱，不時腳滑。周遭微微散發著像長滿水草的沼澤氣味，讓小鬼閉上了嘴。

「小鬼，還好嗎？」背上傳來阿民擔心的聲音。

「沒事。」小鬼將力氣集中在丹田，繼續往前邁步。

「吶，小鬼，」走了一陣子，阿民再次開口：「你剛剛不是有話沒說完嗎？變成人以後，就可以跟我在一起，而且……」

小鬼想了一下才記起來他們到大廳前聊到一半的事。

「而且什麼，告訴我吧。」

「嗯，」小鬼點頭，沒有停下腳步，對阿民開口：「而且，我開始想要一個娘了。」

「你想要娘？」

「阿民，妳不是告訴過我嗎？娘是最好的……其實在山裡的時候我就一直很羨慕，因爲鳥獸也都有娘。」

「對啊，只要變成人，小鬼也會有娘了。」阿民在背上肯定地說，讓小鬼忍不住大大地咧開嘴：

「好期待喔，等我有娘了，就要讓她幫我理毛、幫我舔臉。」

「人的娘不會做這些啦。」阿民笑了起來。

「那娘會做什麼？」

「娘會抱我們、摸我們的頭……還是小寶寶的時候，會餵我們喝奶。」

「這樣啊……這麼說來山裡的野獸也會餵幼獸喝奶呢。等我變成人，我也要讓娘餵我喝奶。」

小鬼期待地笑眯了眼，就在這時，背上的阿民突然叫出聲來：

「怎麼辦，小鬼，我把弟弟給忘了！」

「咦？」

「我應該要去找弟弟的……那孩子還是小寶寶，現在應該正哭著想喝奶吧。」

在過去見看到的事，阿民已經不記得了。就在小鬼遲疑著不知該如何回答時，身後的腳步聲越來越近。

「阿民，我們先走吧。等轉生到人世，我們再一起去找他。」

身後腳步聲逼近的黑暗中，傳來輕輕的一聲「嗯」。

小鬼加快腳步，努力想甩開追兵，但身體卻不聽使喚。越是往前進，就越悶熱喘不過氣，光著的腳丫子每踩一步就深深陷進地面。

「這是怎麼回事……在動嗎？」

原先像堅固土地的地面，曾幾何時變得柔軟，使雙腳深陷其中，傳來微微的波動。不只地面，就連黑壓壓的牆面和天花板，也隨著噗通、噗通的低沉聲響動著。

就像是走在通往無底沼澤的泥濘中，每走一步地面就越黏稠，費上好大的勁也拔不出腳。背上的阿民也越來越重，讓小鬼喘不過氣。

「找到了，快抓起來！」

看來天上人發現他們了。感覺身後的氣息逼近，小鬼慌張之下雙腳一滑，一屁股跌坐在泥濘的地面。

「哇哇哇，這是什麼，好滑啊！」

小鬼和阿民就這樣屁股著地一路往下滑。四周一直是一片漆黑，兩人都沒有發現原先筆直的地面慢慢傾斜，途中突然變成陡峭的斜坡。斜坡就像是被水沖過的黏土，非常滑溜。

就像是從冰凍的雪山斜坡滑下，兩人的身體快速地往下掉。但就在坡道中間，小鬼的身體突然停住，身後的阿民一鼻子撞上小鬼的頭。

「好痛……」阿民捂著鼻子，不過多虧蓬鬆的綠髮，似乎沒有受傷。

「怎麼了，小鬼？前面沒路了嗎？」

「不是，我的頭卡住了，沒辦法繼續往前。」

斜坡般的洞穴，天花板和牆面逐漸逼近般越來越窄。小鬼的頭卡在低矮的天花板上，動彈不得。

「唔……好奇怪，怎麼都弄不掉。」

小鬼努力歪著頭，頭頂卻卡在天花板上動不了。卡住的不是他的頭，而是綠髮中只有姆指大小的角。

「就說了吧，鬼是無法通過這裡的。」

遠遠的高處傳來一道微光，照亮小鬼和阿民的背影。追兵從變成坡道的狹窄洞穴入口處探頭看著。

「──大人，找到鬼了！」

下屬呼喚天上人的聲音傳來。但小鬼還是不放棄，這是大人得伸展身子才能勉強通過的狹窄通道。就算他們眞能鑽進洞裡，要將他和阿民拉出去也是一大難事。

然而天上人從上方探頭看了一眼，說：「看來是動不了了。乖乖待著，馬上就結束了。」接著不慌不忙地向洞穴伸出手。就像一陣猛烈的狂風吹過一般，有一股力量將身體往後拉。

「哇、要被吸走了！」

阿民尖聲叫了起來，緊緊抱住小鬼的頸子。

勉強將兩人固定在原地的，就只有小鬼卡在天花板上的角。

「眞難纏，不要增加我的麻煩。」

風勢增強，原本緊貼著小鬼背的阿民，身體不斷向上浮起，只剩下雙手還緊圈著小鬼的脖子。

「我不行了，小鬼，手要麻了。」

「阿民，不可以放棄！」

小鬼抓住就要鬆開的手，將阿民拉到自己身前。就在紅色的臂彎緊緊抱住阿民時，頭頂傳來一陣癢。

小鬼爲了將阿民往前拉而扭動身軀，深深卡進天花板的角鬆動了。

「糟糕，要鬆脫了！」

就像被捲入龍捲風一般，身體開始往上飄。小鬼下定決心：

「阿民，妳先走吧！」

「我不要，我要跟小鬼一起……」

「我一定會跟上去的，所以阿民，妳先走！」

小鬼使盡全身的力氣，往阿民的背用力一推。阿民就這樣往斜坡的深處墜落。

「小鬼——！」

只剩下阿民的呼喚聲在耳邊迴蕩。

「小鬼，你做了什麼好事！」

被天上人使勁從洞穴中吸上來之後，小鬼被制住雙手，抓到天女跟前。

「你犯下了比使用過去見之術更嚴重的罪過。」

「眞是的，有夠會惹麻煩耶。」黑鬼在天女身後一臉不耐。天女瞪了他一眼，像是在說「眞要追究起來是誰害的」，讓黑鬼閉上嘴。

「我只是無論如何都想讓阿民活下去。」

小鬼低著頭，低聲說道。

「我明白你同情那女孩的心情，但是小鬼，你知道讓女孩下到人界，會有什麼後果嗎？」

「後果……」小鬼一臉不安地抬頭看著天女。

「被鬼芽寄生的人之所以不能再獲得新生，還有另一個理由。」

天女的神情複雜，像是後悔沒有早點說出來，又像是懊惱現在說這個也爲時已晚。但小鬼仍然睜著大大的雙眼望著天女，等待她繼續說下去。

「鬼芽若是獲得新生，就會糾纏著那個靈魂千年不放。」

「千年……但人跟野獸還有我們不一樣，他們活不了這麼久啊。」

「不管死了幾次、轉世幾次，千年間鬼芽都會讓那個人心生惡念、不斷重複惡行。就是這麼回事。」

小鬼驚訝地張大了嘴。

「由於你給了那個女孩新生，也開啓了鬼芽千年的輪迴。那孩子在接下來的一千年間，一定會轉生成人，並且爲他人帶來禍害。」

這樣的力量是絕對的，就連神明也無法阻止。

「阿民……阿民會怎麼樣？」

「每次轉世，鬼芽都會萌生，讓她做出可怕的惡行。」

「……這樣每一世阿民都會下地獄嗎？」小鬼怯怯地問，天女卻搖了搖頭：

「不。犯下罪行者，死後會下地獄。但鬼芽凌駕了這個道理。」

「也就是說，那女孩在接下來的一千年不會立刻下地獄，每次轉世都會不斷犯下惡行囉？」黑鬼代替張口結舌的小鬼問道。

「對……所以被鬼芽附身千年的人，往後的千年註定在地獄中度過。最後生命將歸於虛無……」

「這樣阿民太可憐了！」小鬼緊抓著天女的衣襬懇求：「如果……如果阿民不做壞事，好好活過這一千年的話，就不用下地獄了吧？」

「小鬼，這是不可能的。」天女用心疼的眼神看著他：「鬼芽的力量無比強大、無比可怕，只因爲些許的惡意或不幸就會萌芽，將人變成鬼——變成人鬼。你應該也看到了吧，像是發狂野獸般的可怕狀態。」

血紅的雙眼、細瘦的雙手，緊緊掐住自己脖子的力氣。小鬼想起，忍不住嚥了口口水。

「算了吧，比起擔心那小妞，更該擔心你自己吧。應該要先求她不要把你變成沙才對。」

就算黑鬼無情地說，小鬼依然不肯放棄。他絞盡腦汁想了好一陣，再度抬起頭：

「天女大人，要把我變成沙也沒關係。不過請您等我一千年。」

「你會這麼要求，是有想做的事嗎，小鬼？」天女訝異地俯視小鬼。

「我要用這一千年，阻止阿民的惡行。」

「你說什麼？」

「阿民只要一轉世，我就盯著她，只要她做壞事我就阻止。這樣阿民就不用下地獄了吧？」

如此異想天開的話，讓天女睜大了雙眼盯著小鬼。然而黑鬼立刻無情地說：

「人什麼時候、會生在哪裡，就連天上人都不記得。你是要怎麼找人？」

小鬼語塞，沉默下來。黑鬼不留情地咧開惡意的笑容：

「再說了，你沒辦法離開山裡一步吧？好歹得像大爺我一樣在人類村莊和大海都能來去自如，不然就算你要找也無從找起。」

「對喔……我去不了人類的村莊。」小鬼沮喪地垂下了肩。

「……這麼說，也是。」天女回應了小鬼無力的呢喃。

「若是鬼芽寄生體內，那個人就能看見你們……只要追蹤這股強大的力量，說不定就能找出她的下落。」

突然有道明亮的光照亮了小鬼的臉——就在這個時候。

遙遠的天上響起優美的音色。像是鳥鳴、又像樂曲般美妙的聲響，彼此相疊著降了下來。

仰望著卷貝般螺旋向上的天邊，天女微微頷首：

「上天傳了旨意下來。小鬼，就實現你的心願吧。」

「眞的嗎，天女大人！」

小鬼的臉色亮了起來，倒是黑鬼一臉質疑地瞅著天女：

「這是在發什麼瘋？人類的壽命了不起五十年，千年可是要摘二三十顆鬼芽，最好是做得到啦。」

「我做！就算是一百顆、兩百顆，不管多少我都願意！只要能見到阿民，這一點點不算什麼！」

「聽好了，小鬼頭！」黑鬼又往小鬼的頭上狠狠敲了一記：「你懂不懂，轉世之後就會把前世的事忘得一乾二淨。就算看到你，她也不可能想起你。」

「……那也沒關係。」小鬼喃喃說著，低下了頭。

「要是想起我，阿民說不定也會想起弟弟。所以忘記了也好。只要能見到阿民就是賺到了。」說著，小鬼又仰起臉笑了。黑鬼哼了一聲，轉過身：

「隨便你，反正不關我的事。」

「這可不成。黑鬼，你要跟小鬼同行。這也是上天的旨意。」

「開什麼玩笑！爲什麼我得跟著他！」黑鬼雙眼圓睜，天女的一個眼神就讓他閉上了嘴。

「你擅自使用了過去見之術，這樣的處置恰到好處。」

「意思是……這是對我們的懲罰嗎？」黑鬼湊近天女面前：「我不接受。要懲罰就速戰速決，居然要拖上一千年，未免太麻煩了吧。」

接著他像是爲了不讓小鬼聽見似的壓低聲音：

「先不說我，小鬼頭犯的罪這麼重……就算讓他化成沙也不過分吧。」

天女的嘴角牽起與之前全然不同的笑容。第一次看到這樣的表情，讓黑鬼瞬間忘記抱怨，讚嘆地嘆了口氣。像是對這樣的黑鬼感到厭煩，天女往後退了一步，再次開口：

「這一切都是上天慈悲。等完成這個使命，會有獎賞等著你。」

「妳說獎賞？」

「可以實現你一個願望。只要不是太過分的願望，上天應該都會實現吧。」

黑鬼凝視著天女的臉，想看出她是否說謊，然後笑了：

「這樣的話，我想要一個無上的獎賞。」

「是什麼呢？」

「妳。只要妳能屬於我，我就接受。」

猶豫在天女臉上轉瞬即逝：「好吧。」她再次綻開微笑答應了黑鬼。

「好，妳可別忘了這個約定。」黑鬼不再推托，立刻充滿幹勁。

「小鬼，你也是。」

「咦？」

「只要能保護那女孩轉世一千年，你也會有獎賞。」

黑鬼收起一直掛在臉上的笑容，訝異地看著天女。

「我不需要獎賞，只要阿民平安就好……」

「有個希望，也會帶來動力。你就許個願望吧。」

天女溫柔地勸說，小鬼陷入了深思：

「對了！我想變成人！」

咚！黑鬼的拳頭又招呼了過來：

「想清楚好不好！爲什麼要變成那種軟弱無力的東西，要變至少也變成熊吧。」

「熊也不錯，但冬天就會一直睡，還是人好。我想要娘。你知道嗎，黑鬼，人的娘不會幫孩子梳毛、也不會舔孩子的臉喔！」

「我知道啦！」黑鬼一臉無趣地說。

「我想讓娘抱在懷裡，摸我的頭、餵我喝奶。」

看著笑容滿面的小鬼，天女溫柔地微笑：

「我知道了，小鬼。待平安度過這千年，就實現你的願望。」

哇啊啊，紅色的身軀像野兔般開心地跳著。

黑鬼看來還是充滿質疑，但天女假裝沒看見，嚴正宣布：「那這件事就這麼定了。你們兩個都沒異議吧。」

兩隻鬼點了點頭，天女伸出手：

「首先，借一下你的錫杖吧。」

接過黑鬼手中的錫杖，天女將之高高舉起。從天上落下宛如白色閃電的光芒，直直擊中手杖前端。手杖發出閃電般的白光。

天女撥開小鬼的綠髮，用發光的手杖前端輕撫他的小角。

「哇哈，好癢……哇哇哇哇哇，怎麼回事！」

小鬼的身體被光芒包覆，刺眼的光讓黑鬼不禁別過臉。待光芒緩緩消退，紅鬼消失了，眼前是看似人類之子的三個小孩。

「哎呀，這是怎麼了？我的手看起來就像人。」

大嘴巴的孩子直盯著自己的雙手看。尖銳的爪子消失了，膚色的掌心軟綿綿的，感覺一點力氣也沒有。

「這樣子就可以下山了。樣貌比較接近人，這樣去見那女孩的轉世，也不用擔心嚇到她。」

「嗯，我知道了……但這兩個又是什麼？」

「這是用你的身體做的人偶。你試著念想讓他們動。」

小鬼照天女說的想著快動，咻！兩個人偶就猛地站起身來。

「哇！」小鬼張大了嘴向後一跳，兩個人偶突然往不同的方向跑走。

「等一下、等一下！」大嘴巴的小鬼慌慌張張地追了上去。

「要學會如何操控自如，還需要一點時間呢。」

眼前像是孩子們在玩捉迷藏，讓天女忍不住淺淺笑了起來。然而看著同樣的光景，黑鬼依然板著一張臉：

「居然還特地用獎賞誘惑我們，到底有什麼打算。」

他跟小鬼不同，可不會被甜言蜜語給迷惑。

「我們犯下了禁忌，我實在不認為上天會放過我們。照理說別說獎賞了，等著我們的應該是你們稱之為『譴責』的懲罰才對。」

「這就是給你們的懲罰啊。」

「什麼意思？」

天女臉上依然是同樣的沉穩微笑，黑鬼卻感到背脊一涼。

「接下來的一千年，要持續使用過去見之術，不斷摘除鬼芽。這就是你們要接受的懲罰。」

「使用過去見之術？」

天女將手中的錫杖交還給黑鬼：

「不過要使用過去見之術的，並不是你……而是小鬼。」

「那個小鬼頭怎麼可能施術，別說一千年了，一百年就會氣力用盡……」

銀色的眼瞳一震。他轉向天女，天女什麼也沒說，轉身背向他。

終於抓回兩隻木偶，小鬼笑了。

「不管妳轉生多少次，我都一定會找到妳……等著吧，阿民。」

那幸福的笑容，讓黑鬼的眼眸蒙上一層陰霾。

最後的鬼芽

人鬼現身之處，血流成河、屍橫遍野
鮮血與屍骸，激發憎惡與瘋狂
如鳳仙花般，散播邪心之種
引發混亂，招致爭戰
人世間將化作彌漫悲慘哭號的地獄

「妳總是在發呆，是在看什麼？」
身後傳來溫柔的嗓音。
「山。」將圓滾滾的臉蛋托在蓮花般展開的雙手中，多美回答。
這片低窪的土地，東、西與北方三面環山。每天這樣眺望也不膩，是因爲這些山看起來和多美所知道的都不同。
有何不同之處，虛歲只有八歲的多美也說不上來。
不過，跟過去六年熟悉的故鄉山景，無論是顏色、形狀或氣味都不一樣。多美的出生地，是離這裡很遠、很遠，一直往東的地方。

「妳還是會想家嗎？」

「不是，阿姊。」多美回過頭，對上一雙困擾的眼神。

「不是的，天神姊姊。」

她重新說了一次，眼前的人綻開笑容。

「只有我們兩個在，叫阿姊就可以了。」

兩人相視呵呵笑著，即使差了七歲，也看得出兩人有多相像。染枝天神，是多美的親生姊姊。

天神，在這西方的花街地位僅次於太夫[1]。雖然還只有十五歲，十二歲便染黑了牙、成爲大人的姊姊，有著任誰都屏息的美貌。穿上大禮服、頭髮戴上十二根髮簪，走在前往茶屋的路上，總是能引起眾人矚目。

這樣的姊姊自然讓人驕傲，但多美更喜歡卸下裝扮，像現在這樣脂粉不施的姊

1 編按：遊女、藝妓的最高的位階。

姊。跟姊姊分開時，多美還只是個嬰孩，在來到這裡前連姊姊的長相也不記得。但睽違六年重逢，姊姊對多美是疼愛有加。

「怎麼樣，舞蹈的練習很辛苦嗎？」

「嗯……師傅總罵我像個木頭，我好像跟阿姊不一樣，沒有唱歌跳舞的才華。」

染枝最初是被賣到出生地領國附近的江戶遊廓[2]，像現在的多美一樣，以童僕的身分照顧遊女的起居，來自京都的仲介看上她的美貌與歌舞的才華，便將她帶到京都。

京都的花街，對歌舞等技藝的要求比江戶更嚴格。

「那個師傅從以前就是這樣，我也老是被罵。」染枝溫柔地安慰道，多美卻還是垂頭喪氣。她微微嘆了口氣，用柔和的口吻繼續說：

「多美，妳想回家嗎？」

「阿姊……」

「多美果然不該來這裡的。」

「沒這回事，」聽到姊姊的嘆息，多美慌忙反駁：「這裡可以吃到白米飯，穿水衫，還可以跟阿姊做伙，我無啥無滿意的。」

姊姊說得一口漂亮的京都話，才來不到一年的多美總改不了老家的口音。好不容易習慣在人前不露餡，但只要一鬆懈下來，強烈的鄉音就藏不住。

多美是在十一個月前，繼姊姊之後被賣到這座古老的西方都城來。

「都是我說了不該說的話……抱歉啊，多美。」

染枝只不過是跟娼妓同伴們聊起收到的信件內容。

長到七歲的多美，跟染枝天神小時候簡直一模一樣——鄉下的雙親特地寫信告訴她這件事。耳聞這個消息的老闆娘，便特地派店裡的男人們大老遠到東國將多美接來。

大人其中的算計，多美一無所知。

遺憾的是，多美並沒有承襲到姊姊的歌舞才賦。更麻煩的是古都的嚴謹傳統，多美至今依然改不了鄉音、什麼也學不會，笨拙得讓老闆娘頭疼不已。

---

2 編按：舊時日本江戶時代政府認可的風月區。

「跟染枝像的只有那張臉，真是虧大了。」

最近就連其他舞妓和跟她一樣的童僕也常常公然嘲笑她。

「我一開始也總是被罵，跟多美一樣。」

「我跟阿姊不一樣。」

什麼用場都派不上的自己，實在是太丟臉、太可悲了。

染枝說自己也總是被罵，並不是爲了安慰多美的謊言。正因爲備受期待，要求也更嚴苛，更不用說同輩間的嫉妒眼紅。

娼妓要求的並不只是技藝。但對年僅八歲的妹妹說這些，她也不會懂。多美又再度倚在窗邊托著腮。

「多美，妳眞的很喜歡山呢。」

染枝或許認爲多美是在思鄉吧。

但其實不全然如此。

眺望遠山的時候，有時會突然湧現一股奇異的感覺。像是忘了什麼重要的事，讓人心焦得感覺肚子癢癢的，說不上是什麼樣的心情。

這種難以形容的感受，自然也無法用言語說明。所以多美一直沒告訴姊姊。

「吶，阿姊。」

「什麼事？」

「我應該沒有弟弟吧？」

「這是當然的，多美是么女啊。」

就是啊，多美說著，像是難以接受地嘆了口氣。

「眞是個怪孩子，妳是做夢了嗎？」

有人把她揹在背上，到處找弟弟。感覺好像是做了這樣的夢，又好像沒有。繁密的蔓草搔得多美的臉癢癢的，濃濃的綠草香好舒服，多美把臉埋進其中。那似乎又不是蔓草，好像是什麼人的頭髮。

但這世上哪來綠色的頭髮呢。

慌忙打消這個念頭，身體又有別處開始搔癢。這次不是肚子。

——是額頭。

在瀏海覆蓋、雙眉之上的地方，像有蟲子在鑽似的。多美不禁伸手壓住瀏海。

「怎麼了，多美？妳頭痛嗎？」

姊姊正要起身，走廊便傳來老闆娘的聲音，紙門隨之拉開：

「染枝，茶屋那兒找妳去……哎呀，小萩，妳怎麼又跑來這裡了？」老闆娘喚了多美的童僕名，投來嚴厲的眼神：「不是該去學舞了嗎，小萩。其他女孩早就出門了。」

「別罵她了，媽媽，小萩身體不舒服。」

「現在就習慣偷懶怎麼得了。小萩，快準備出門。」

「是。」多美乖巧地點頭。被老闆娘的聲音這麼一嚇，額頭的癢癢也消失了。

「染枝，妳也快準備一下。五點在喜田磯。」

一聽老闆娘說出茶屋的名字，期待點亮了染枝的臉龐。

「客人是哪位呢？」

老闆娘說了客人的名字，染枝的雙頰立刻染上紅暈。

那是曾經當過好人家侍衛的浪人，一名外型俊俏的年輕武士，總是跟幾個友人一起到茶屋來，是染枝的常客。連年幼的多美也隱約察覺到兩人之間不單純只是客人與娼妓的關係。

老闆娘內心對此或許也十分不悅，再三對染枝耳提面命：「妳可別陷得太深，不會有好下場的。」

「我知道，媽媽。」

嘴上回答得乖巧，但就像對牛彈琴，一點效果也沒有，看表情就知道她沒聽進去。老闆娘無奈地嘆了口氣：

「最近不太平靜，千萬小心別被事端波及了。」

老闆娘再次叮嚀，然後又囑咐多美趕緊出門，就離開了房間。

「阿姊，妳要嫁給那個浪人嗎？」待老闆娘走遠，多美悄聲問。

「怎麼突然說這個。」

「阿姊如果嫁人了，我應該會被趕走吧……」

染枝驚訝地看著妹妹，然後浮現一抹哀悽的笑：

「多美，過來坐。」

姊姊往自己的膝上拍了兩下。多美乖乖坐上去，姊姊從身後溫柔地抱住她小小的身軀：

「我不會嫁人的，妳放心吧。」

「可是，阿姊喜歡那個浪人公子，那個人也……」

「那位公子現在身負重大的使命。」

「使命？」

「他正在努力改變這個世道，要讓世間變得比現在更好。」

姊姊說的這些，多美一句也聽不懂。唯有姊姊最後的一句話，在她耳邊柔柔地迴盪。

「我會永遠跟多美在一起。」

——似乎曾經有人對我說過一樣的話。

在脂粉和線香混合的甜甜香氣中，小小的疑惑轉瞬即逝。

「喂，快起來，已經到了。」

在粗暴的搖晃下，小鬼睜開了眼。

綠色的髮絲被風吹得蓋了滿臉。小鬼睏倦地眨著眼：

「嗯……這是哪裡？」

「京城。」

小鬼聞言往下看，遙遠的下方小小的燈火像棋盤似的接連點亮。過了一段時間，小鬼才理解到自己被黑鬼挾在臂彎下，飛在空中。

耳邊響著隆隆的風聲，天空似乎被厚重的雲層籠罩，星月無光。即使四下已是一片漆黑，鬼在夜裡仍然看得清晰。但不知爲何，城鎮的景象看起來卻朦朦朧朧。

「這瘴氣也太重，簡直要把整座城鎮呑沒了。」微微降下高度的同時，黑鬼喃喃地說。

「……瘴氣？」

剛睡醒的腦袋昏昏沉沉，一下無法消化，但看到眼下瓦片屋頂的房子，小鬼也明白黑鬼的意思了。

「嗚哇，這什麼啊！好噁心！」

就像是大量的蟲子密不透風地爬滿全身肌膚的噁心觸感，讓小鬼全身的寒毛都豎了起來。眼前的京都街道，宛如被不祥的惡氣給包圍凝結起來。

「之前來的時候不是這個樣子的。到底發生什麼事了？」

不記得是幾百年前了，之前追蹤阿民的轉世時，他們也曾經到過這個城市。

「是鬼芽。」黑鬼低語。

「鬼芽……該不會是阿民的……」

「不，那女孩的鬼芽就算萌生，也不可能散發出這麼強烈的邪氣。」

「阿民的鬼芽發芽了嗎！」小鬼臉色一變：「要是她變成人鬼就完了，為什麼不早點叫醒我，黑鬼！」

「你在說什麼，還不是你一路睡死叫都叫不醒！」

頭上又被敲了一記，小鬼眨了眨眼：

「我……叫不醒嗎？」

「我又打又踹，你就是不醒來。我沒別的辦法，只好這樣抱著你來。」

「是嗎……對不起……」

小鬼低聲道歉。就連現在眼皮也像是綁了秤錘般睜不開，不只眼皮，手腳也覺得好重，就像全身被灌了鉛一樣，一個不留神精氣就從全身毛孔流洩出去，一點力氣也沒有。

「……我說不定已經不行了。」

「聽不見！你說什麼！」

「不，沒什麼。」

小鬼陷入沉默，黑鬼悄悄瞥了他一眼。方才假裝沒聽清楚，但其實黑鬼也心知肚明。這千年來過度的操勞，已經耗盡小鬼的精力。現在的他就只是憑著想救阿民這麼一個強烈的意念，硬是撐著形同軀殼的肉體。小鬼的生命之火，隨時都可能熄滅。

「剛剛還沒說完，」黑鬼把話題拉了回來：「再怎麼樣，不過就一個鬼芽萌芽，也不可能變成這樣。偶爾還是會發生好幾個鬼芽接連綻裂，人鬼肆虐作惡。人類稱之為『亂』。」

只要一顆鬼芽萌生，就會成為下一場災厄的火種。雖然鮮少發生，還是偶爾會出現許多鬼芽如連鎖般接連萌發的狀況。戰爭就是這樣爆發的。黑鬼如是說。

「那這個濃重的瘴氣，就是許多鬼芽造成的嗎？」

「就算那女孩的鬼芽還沒動靜，也遲早會萌芽。京城是最適合鬼芽生長的地方。」

擁有漫長歷史的古都，長年累積了人們的怨懟與痛苦，也容易有不好的東西棲息。因此京都自古以來，數度成為人鬼的巢穴。

「照天女說的，應該就在這附近才對……可惡，瘴氣太強了，完全掌握不到鬼芽的氣息。」

在同樣的地方不斷打轉，黑鬼不耐煩地嘖了一聲。小鬼掛在黑鬼手臂下，俯視著人界。眼下拓展開來的街景，燈火的數量比周邊都還要多。

「只有這裡特別亮呢。」

「啊，那應該是遊廓吧。」看著小鬼一臉茫然，黑鬼繼續說：「就是男人去找女人的地方。跟你這種小鬼頭沒關係。」

「人類也有很多像黑鬼一樣好色的人嗎？」

實話實說的瞬間，腦門上又被敲了一記。好痛！小鬼撫著頭頂，視線停留在某個奇妙的景象。

「黑鬼，那邊的瘴氣特別濃！」

黑鬼凝神望向小鬼指的小巷：「原來如此，他們正在互相殘殺。」

巷弄中約莫有二三十人。手持刀劍的武士們，正在遊廓正中央的路上彼此砍殺。鋼鑄的刀刃交鋒，在黑暗中迸出火光。持刀砍來時的吶喊聲，與遭到砍殺的慘叫聲，聽來都像是野獸的嚎叫。隨著血水四濺，瘴氣益發濃重。

被血液的腥臭味薰得受不了，小鬼雙手捂住了鼻子和大嘴巴。

「看來這個領國一分爲二、雙方在爭奪勢力吧。打著大義名分的大旗，好像有多崇高的理念，其實只不過是受到鬼芽的支配罷了。」

還眞是白忙一場，黑鬼冷笑著：

「維持了二百五十年的和平，以人類來說算是很了不起了。」

在黑鬼細語的同時，人界又掀起一陣驚慌。

幾名武士踹破店門，闖了進去。女人的尖叫聲四起，眾人紛紛向外逃出。但在門口等著的是殺氣騰騰的武士們。

「居然連女人也牽扯進來，看來他們眞的是瘋了。」

店裡又跑出一名女子，身著遊女的華麗打扮，但年紀非常輕。眾女子拚命逃跑，就只有那少女站在店門口一動也不動。

「——大人！」

正在交戰的武士中，有一人回應了她的呼喚：

「別過來，染枝！帶著妳妹妹快逃！」

少女帶著一個女孩。年約七、八歲的女孩慘白著一張臉，緊抓著少女的手。

「黑鬼，那孩子……」

「啊，以遊女來說年紀太小了……我記得是叫童僕吧？應該是還在見習的小女孩。」

「不是啦！那是阿民！」

「你說什麼？」

「不會錯，她跟千年前一模一樣，我見到的阿民就長那個樣子！」

「就算你這麼說……」只在千年前見了一面的女孩，黑鬼早就不記得她的長相。但黑鬼仍然抱著小鬼，跳下二樓的屋頂去確認。

回應染枝的，不只她心愛的人。

「居然跟浪人爲伍，這個叛徒！把那個女的也抓起來！」

兩名男子受命，將矛頭轉向兩個女孩。

「快住手！跟那女的無關！」

方才的武士架開自己的對手，往染枝和多美的方向跑。他勉力擋下其中一名男子的攻擊，而另一名男子朝著他毫無防備的背，高高地舉起刀。

「危險！」

雪白的手從多美緊握的掌心抽開。染枝撲向武士身後的瞬間，刀鋒揮了下來。

刀刃劃過染枝身上最纖細的部位。妝點著十二枝髮簪的白皙頭顱，自軀體落下。被劃破腹部的武士並未目睹少女的淒慘死狀，早已氣絕身亡。

只有多美未曾眨眼，將整個經過看在眼中。

身首異處的軀體往地面倒下的過程，像被放慢似的，切口噴出大量紅色血沫，讓多美的臉上與胸前一片濡濕。

血的氣味，深深滲進內心深處。

突然間，噗通！似乎有什麼在跳動著。就像在體內某處，有另一個心臟。

「明明說了，要永遠在一起的……」

是啊。有個聲音回應她。

——把妳姊姊斬首的，是誰？

殺了姊姊的男子，因爲不小心誤殺女子而驚慌失措，但爲了達成使命，在同夥的催促下匆匆離去。

倒在多美腳邊的，是姊姊深愛的男人的屍首、無頭女屍，以及雪白的人頭。

這是怎麼回事？姊姊到哪裡去了？

那個聲音沒有回答，只是提出另一個問題。

——把妳弟弟——的，是誰？

「弟弟……」

尖銳的耳鳴聲，在腦中迴盪。

她拚命追逐著那時遠時近的聲音，在耳鳴聲的夾縫中，聲音突然又清晰地響起。

——把妳弟弟吃掉的，是誰？

額頭猛地閃過一陣悶悶的痛楚。

「……把他吃掉的，是我。」

從多美口中傳出的嗓音，已經不再屬於她。

「可惡，瘴氣太重了，什麼都看不見。」

黑鬼皺著眉輕揮錫杖，籠罩著巷弄的黑色霧氣轉瞬散去。

從屋瓦邊探出頭來的小鬼忍不住驚呼：

「角……阿民的額前長出角了……」

阿民白皙的前額，可以清楚看見像是剛從種子中冒出的白芽，兩個小小突起。

「嘖，晚了一步嗎，」黑鬼嘖舌道：「真是的……居然這麼快就變成人鬼了。」

「黑鬼，把過去見之術放到我體內。」

「現在施術太晚了，變成人鬼之後就聽不懂話了。」

「但說不定還來得及啊！拜託啦，黑鬼！」

反正也沒有其他更好的辦法。在小鬼央求下，黑鬼高高舉起錫杖。手杖前端放出白光，包圍住小鬼的身體——原該是這樣的。

但紅色的身軀被白光彈開，倒在屋頂上往下滾。就在快要從屋簷落下時，黑鬼伸長了手，及時揪住頭髮才將小鬼拉回來。

「怎麼會這樣……你已經連做木偶的力量都沒有了啊！」

「我沒有……力量……？」小鬼茫然地盯著自己紅色的雙手。

「該怎麼辦才好，黑鬼，要怎麼做才能救阿民？」

「不能怎麼辦……已經無計可施了。」

一股惱火湧上，黑鬼狠狠將錫杖往屋頂一敲，屋瓦碎裂，響起刺耳的喀啦聲。

「可惡，都到這一步了……這應該就是最後的鬼芽了，這下千年的辛苦都泡湯了嗎！」

黑鬼像是要將心中的怨憤傳到天界般，站直了身子朝天怒吼。他的吼聲被風吹散，消失在漆黑的空中。而就像在回應他，頭上的風勢稍稍增強了些。

「黑鬼，阿民的角……」

阿民額前的小小突起，順著弧形慢慢伸長，此刻已經是不折不扣的雙角了。

「那已經不是你的阿民了……是人鬼。」

黑鬼低聲說著，這時一直站在原地的阿民突然向前踏出一步，將倒地的武士掉在身邊的刀拾起。

「阿民，該不會……」

武士們仍然在刀光劍影中纏鬥著，阿民緩緩朝他們走去。雙方過招似乎已經分出高下，負傷者、倒地者的呻吟聲此起彼落，也有不知是否已經死去、無聲臥倒的人們。

一個靠在牆邊，看來像是屍體的男子呻吟出聲。阿民停下腳步，轉身面向他。從鮮血滿布的臉上掃來的目光，已經不是人的眼神。握著刀的右手直直地高舉。

「不可以，阿民！黑鬼，快阻止阿民！」

「阻止也沒用，已經來不及了。」

嘴上抱怨著，黑鬼還是揚起了錫杖。上空的風轟隆隆地逆旋。黑鬼朝天上大喊：

「風神，借我一點力量吧！」

瞬間，一道陣風颳過，將阿民的身子吹開。阿民像被人向後推倒般摔在地上，手中仍緊緊握著刀，彷彿沒事人再度站起身。

似乎察覺騷動平息，潛匿在店裡的娼妓和客人三三五五地探出頭來，遠遠地觀看爭端的結局。或許對她而言已經沒有敵我之分了，阿民握著刀，朝著人們的方向走去。黑鬼再度揮動錫杖：

「這傢伙還眞難纏。」

小小的身體被風吹得直往後退、再度倒地。一次又一次，阿民依然持刀不斷站起身。耐性全失的黑鬼迸出一陣強風，阿民的身子整個被吹飛到屋簷下，狠狠撞上木板牆。

強大的衝擊終於讓阿民鬆開手上的刀。黑鬼口中念誦起咒語，錫杖發出紅光，包裹落下的刀。就像是只有光中的時間被調快，銀色刀身冒出了紅色的鏽蝕，崩裂粉碎。黑鬼喘了口氣：

「既然變成這樣，除了殺死她之外沒其他辦法能阻止了。沒辦法，我來……」

「如果只有這個辦法……那我來吧。」紅色的雙拳緊緊一握：「只有這樣才能阻止阿民的話，我就親手送阿民上路。」

「憑你的力量根本不是她的對手，再說你根本沒剩多少力量了吧。」

黑鬼像是在嘲笑他，突然臉色一沉往下看：

「喂，那傢伙打算做什麼？」

不過就是移開視線的轉瞬間，阿民的注意力已經從腐朽的刀轉向一邊店頭立著的移動式燈籠。燈籠分爲上下兩層，上層燃著火。阿民打開下層的蓋子，從中拿出某個東西。

「那是……」看清阿民手上的東西，黑鬼大吃一驚：「是油壺！」

黑鬼驚呼出聲時，已經太遲了。阿民將手中的油壺往店門口砸去。砸中屋簷的壺哐啷一聲碎開，壺中的油將掛簾淋得濕透。阿民毫不遲疑地將燈籠上層的火盆靠向掛簾。

「住手，阿民！」

在小鬼揚聲之前，就像紅色花朵在黑暗中炸裂開來，掛簾猛地燃燒起來。阿民蹣跚地後退幾步，看著火光從掛簾燒上屋簷、燒向拉門，逐漸蔓延。

「失火了！快滅火！」

「快來人取水來！從儲水桶打水來！」

四下立刻響起此起彼落的呼聲，花街的人們開始東奔西跑。然而火勢遠遠超過人們的預期，從起火的店燒往隔壁、再往隔壁，就像被風吹得翻飛的布四方延燒，高高揚起的火星，又讓火焰的威力乘風飛得更遠。

「阿民……妳做了什麼……」

火焰早已燒到兩隻鬼所在的屋頂。黑鬼抱起茫然若失的小鬼，從二樓的屋頂跳向高聳的栲樹梢上。

「風神也助長了火勢。已經滅不了火了。」

方才還請求上天助勢的黑鬼，朝著上空投以怨懟的眼神：

「這場火會延燒得多廣、會有多少人被燒死……不管怎麼樣，那小妞都免不了要下地獄了……我們也註定要化成沙，逃不了了。」

絕望的黑鬼洩氣地在栲樹粗大的枝椏坐下。

「不能讓這種事發生……我不會讓阿民下地獄的！」

「我們是敵不過火勢的……喂，給我等一下！」

黑鬼話還沒說完，小鬼已經從栲樹的枝椏往下跳。

火已經延燒到整個花街。遊女、客人，和剛剛還在殊死纏鬥的武士們，全都被火焰追著四處逃竄。

四下黑煙瀰漫，伸手不見五指。

在茶屋與妓樓之間的縫隙，樹木伸長了茂密的枝葉。剛迎接初夏的鮮綠葉叢，現在也被黑煙燻得喘不過氣。

小鬼來到栲樹的根部，抱著樹幹，將額頭抵上樹皮。

「拜託了，將你的力量借給我。」

小鬼將氣力集中在腹部。紅色的身軀漲成了朱色，長長的綠色髮絲緩緩飄起，栲樹的樹梢開始逆著風向沙沙地發出聲響。身在高處的黑鬼心慌地向下望：

「那小子……他該不會……」

濃煙掩蓋住小鬼的身影。但花街林立的樹木們，全都像是跟隨著栲樹，接連騷動了起來。

「快住手！你現在身體這個樣子，再施展這種法術會死的！」

像是要壓過黑鬼的制止，響起了宛如地鳴的聲響。

「嗚喔喔喔喔喔喔喔喔——！」

在一陣波動的衝擊下，黑鬼的身軀被高高拋起。

受到這股波動衝擊的不只黑鬼。來不及逃跑的人們、狗兒、貓兒、鳥與蛙，就連一隻隻螞蟻，也都像被龍捲風捲起一般，從煙霧籠罩的這一帶被彈開。

而就像是在等待這一刻，樹木們振動的樹梢同時伸長了枝葉。從四面八方生長的枝椏彼此交錯，在小鬼頭上劃出一道弧頂，朝著另一端伸展。

不只樹枝，地面也像是掀起波瀾，道路、房子的地面下，粗大的樹根紛紛隆起，道路兩旁的店家全都被樹根的大浪連根拔起，在火舌吞噬下解體崩坍。樹根如鞭子般繼續扭動著向上竄，跟垂下的枝葉交纏在一起，難分難解。

葉叢又更加躁動起來，瘋狂地抽葉生長，將枝椏與樹根交錯的縫隙塡滿，就連長在樹根下的雜草，也不斷向上抽高，塞滿了所有細小的縫隙。

就像倒扣上的籃子，一座綠色樹籠覆蓋住整個花街。

熱氣像是要將身體融化一般。雙眼被濃煙燻得睜不開，小鬼嗆得咳個不停。在這座大火燃燒的蒸窯中，小鬼勉力支撐著快要倒下的身軀：

「這樣阿民說不定就能得救了。」

喃喃地脫口而出的瞬間，呼吸突然順暢了起來。原先讓他難受的熱氣、黑煙，突然都不在意了，同時全身被一股無力感包圍。

「我也到此爲止了嗎……不過能撐到現在也很不簡單了。」

每當追逐著阿民跨越時光之流、每一次施展過去見之術，生命力都在隨之削減。小鬼的肉身眞切地感受到這一點。憑著剩下的力量，絕對不可能控制住火勢。是草木接受了小鬼最後的心願，將力量借給他。

「對不起啊，各位……讓你們這樣配合我的任性……」

遭到火燒煙燻的樹幹，早已焦黑炭化。但不管是什麼樣子，在樹木的包圍下就讓他感到心安。突然一陣睡意襲來，小鬼雙膝一軟。

就在他幾乎倒地的時候，才察覺眼前有個人。

「爲什麼、要做這種事？」

阿民跪坐在他眼前。口中傳出的，不是阿民、而是人鬼的嗓音。但對小鬼來說，眼前的人就是阿民。他緩緩伸出手，環住她的頸間：

「阿民……我一直、一直都好想見妳。」

他想緊緊抱住她，卻使不上力。

「爲什麼，鬼要阻撓我？」

「我不是在阻撓妳，我只是希望阿民可以笑著。就像千年前認識的時候一樣，把妳揹在我的背上，再一起去旅行……就只是這樣。」

「千年……」人鬼的聲音低喃著。

「不過，我已經辦不到了……對不起，阿民……」

就在要沉入黑暗的時候，小鬼的耳邊傳來東西破裂的聲響。就像是完美無瑕的冰，突然裂開了蜂巢狀的裂痕那樣，透明的聲響。接著同樣的聲音又響了一次，啪啦啦、像是碎石子的東西落在小鬼肩上。

雖然困惑著不知發生什麼事，小鬼已經連抬起頭確認的力氣也沒有了。

細小的嗓音，將小鬼的意識拉了回來。

「小……鬼？」

小鬼眨了眨眼，鬆開雙臂，抬起身子。

或許是將死之際的幻覺吧。但阿民茫然的眼中，確實映著小鬼的身影。她額前的雙角從根處斷開，像被敲碎的白糖粉，散落在地面。

此刻在眼前的，是跟千年前一模一樣的阿民。

「阿民……是阿民……」

「小鬼，小鬼，我們又見面了。」她伸手抓住紅色的身軀。懷念的重量與溫暖，填滿了小鬼的胸膛。

「阿民，妳認得我嗎？」

「嗯，我跟小鬼一起踏上旅程，一起找我弟弟……咦，弟弟？還是姊姊？」

今生與前世的記憶似乎混在一起了。但接下來的事，還是不要想起比較好。小鬼擠出最後的力氣，像是要阻止阿民繼續往下說，再次緊緊地抱住了她。角斷開了，就是她從詛咒中被解放的證明。在她身上寄宿千年的鬼芽枯萎了。

「阿民，這次妳一定要轉世，過著幸福的生活。」

小鬼全心全意地祈願，將臉埋在阿民肩上。

「小鬼呢？小鬼也一起嗎？」

「我……好像……沒辦法了……」

「我不要，我要跟小鬼一起！」

「阿民……能再見到妳，眞的好高興。」小鬼打斷了阿民悲傷的嗓音，由衷說道：

「這千年來，我得以陪在妳身邊。對我來說，這樣就夠了……」

語音未落，阿民懷中溫暖的身軀，突然失去了形體。

小鬼的身子化爲紅色的沙粒，從阿民臂彎中灑落。

失去平衡的阿民，像是要緊抱住紅色沙粒般向前撲倒。

燒得焦黑、依然勉強聳立的巨大樹籠，轟然一聲往火吻後的街道坍塌下來。

——小鬼，小鬼……

遠遠地傳來呼喚小鬼的聲音。他原以爲是阿民，但這銀鈴般溫柔的嗓音，不是阿民的聲音。

——天女大人。

小鬼原以爲話說出口了，卻發不了聲，雙眼也睜不開，眼前一片漆黑。但天女的聲音，這次清晰地傳進他耳中。

「小鬼，辛苦你這千年來堅持到最後。多虧你，鬼芽已經枯萎，女孩也不必下地獄了。」

——是嗎，阿民得救了啊。

他由衷鬆了一口氣。除此之外他別無所求。

就像要將他的心思拉回來，天女繼續說道：

「我會依約給你獎賞。給你所期望的獎勵。」

話語傳進他的意識，但他不明白其中的眞意。意識瞬間飄遠，待回過神，小鬼身在溫暖的繭中。

但跟繭又不太一樣。暖暖的，但濕濕的，黑黑的，又有點腥臭味。

——啊，對了。是「硲」的洞窟。

跟他和阿民一起逃進的洞窟是相同的觸感。當時洞窟中的氣味讓小鬼難以忍受，現在卻一點也不在意。

傳來像山中窯屋旁水車的聲響，喀咚、喀咚地，包裹住全身的濃稠水傳遍全身，感覺好舒服。小鬼縮起手腳、蜷曲著身子，聽著這個聲響打起盹來。

突然間睡意被打破了。

彷彿被誰硬生生拉出來，突然間置身於光中。

頭上傳來女人們慌張的聲音，此起彼落，但他聽不清她們在說什麼。明明什麼壞事也沒做，不明就裡地被打了好幾下屁股。痛得想抱怨，卻連張口也辦不到。

——是嗎，這就是所謂的做夢嗎？

鬼是不會做夢的。不過現在，他知道什麼是夢，也可以想像夢是什麼樣子。

因爲這千年間，他一直與人相處。

爲什麼阿民會痛苦得變成人鬼，千年前的他完全無法理解，但在那之後，他一直追逐著阿民的轉世，透過那一段段的人生，小鬼一路看著何爲人類。那不斷重複的，人們的生活、喜悅、苦難、哀慟。

身而爲鬼，自然不是所有事物都能與人類感同身受，但小鬼還是全心全意地試著貼近阿民的心。阿民最後能恢復理智，或許正是因爲感受到他的這分心意吧。

身體慢慢變冷變重，意識也跟著往下沉。正當感覺要墜落到黑暗中時，一個嗓音將他拉了回來：

「孩子，孩子，快張開眼睛。拜託你，看娘一眼。」

——娘？我的娘？

一個溫暖的臂彎將他抱起，搖晃著他的身軀。好想看一眼這個說是他娘的人。這個念頭讓小鬼將全身力氣集中在眼簾。一道光照亮了視野，模糊的視線前方是一名女子的面容。她的額前浮著汗珠，看來十分疲憊，還是擔心地看著他的臉。

「只要餵他喝奶，這孩子一定能得救。」

有另一個人這麼說，拉下了單邊的衣袖，將他湊到衣襟前。雪白渾圓，像是鏡餅[3]的豐滿乳房出現在眼前。

「來吧，孩子，快喝奶吧。」

是他一心想喝喝看的娘親的奶。明明就在眼前了，但怎麼也喝不到。

──對不起啊，娘……就算是這樣……我還是很高興見到娘……

小鬼的意識離開了小小的、像是消了氣的紅黑色身軀，如雲霧般消散而去。

「……就這樣嗎？」黑鬼恨恨地咬緊了牙關。

「對，就這樣。」天女淡然答道。

在漆黑的黑暗中，兩人站在開了一個圓洞的空間前方。

「小鬼的生命力早已耗盡，這已經是極限了。」

天女將散逸在化爲紅色沙粒肉體周遭的氣集結起來，灌進早已在腹中斷氣的胎兒體內。

3 編按：日本過新年時用以祭祀神明的年糕，色白圓渾。

這是給小鬼最起碼的安慰。

但黑鬼冷哼了一聲：

「如果眞是獎勵，至少應該讓他好好過完一生吧。不過就是幾十年的壽命，這點小事天界也……」

「辦不到。」果決的語氣截斷了黑鬼的話語：

「上天也無法更動生命。就算是螻蟻般僅此一夜的性命，只要處於時光之中，我們就無法出手介入。」

「沒想到你們也挺無趣的嘛。」黑鬼鏘啷啷地搖響手中的錫杖，盤腿坐了下來。就像從巨大圓形玻璃窗往外頭的雪原望去，白色的光中什麼景象也沒有。

「或許是這樣吧。」

天女回答時，已經不見她的身影。

只留下黑色的鬼，在什麼也沒有的空間，持續凝望。

在匆匆往來的金龜子隊伍縫隙中，聚集著黑色的螞蟻。

站在聳立天邊的塔上，黑鬼俯瞰著人界。

從銀色高塔看出去的天空，依稀泛著淡淡的水藍色，幾十個長槍似的方箱，宛如要穿透天際般聳立著。

「自那之後，過了一百五十年啊。不過短短的時光，就完全變了個樣呢。」

正當他如此自言自語，一道金色的光輝閃現，四周瀰漫一股芳香。

「把我找來這種地方，有什麼事嗎？」

語氣聽來帶著譴責，臉上卻掛著優雅的笑容。身著羽衣的天女，翩然降臨在黑鬼面前。

「我突然想起忘了一件很重要的事。我還沒收到我的獎賞呢。」黑鬼色瞇瞇的眼神在薄衣上掃視著：「妳該不會想違反約定吧。」

「我答應要成爲你的人。我記得啊。」

「那就事不宜遲……」

天女一個閃身，躲過了伸來的黑色手臂。

「就別再掙扎了。」

「我確實說過要成爲你的人，但可沒說好是什麼時候喔。」

「什麼？」

「何時履約由我決定。」天女深沉一笑。黑鬼自覺被耍，憤憤地跺腳。

「嘖，枉費我今天爲了約會還特意規畫了一番，眞是錯看妳了。喔，約會就是幽會的意思。」

「看來你們跟人接觸久了，學會許多無謂的事呢。」

「這就是我們跟你們天上人不同的地方。」黑鬼將視線投向眼下遼闊的街景：「我們在人界看著生物如何生活，也因此不覺得日子無趣。人偶爾也滿有意思的，完全不曉得他們接下來會做出什麼。」

「你這話還眞奇怪。」天女詫異地道：「你們的同伴因爲人類而數量大減吧？……那個小鬼居住的山，現在也早已消失無蹤了。」

失去了山，小鬼也無法存活。他早晚註定會失去性命。如此諷刺的命運，讓黑鬼的神情蒙上一層陰影。

「你們鬼族是與自然共存的生命。」天女嚴肅地說：「施予寶貴恩惠的同時，也會掀起巨大的災禍。所以人才稱你們爲鬼，畏懼你們。」

「恩惠和災禍，不都是你們天上人的命令嗎？只有我們受到人類憎恨，未免太說不過去了。」

「我還以爲你們鬼族比較恨人呢……看來似乎不是這樣。」

黑鬼心情複雜地嘆了口氣：

「這麼說也是。人類害我們吃了不少苦。老實說，沒有比人更麻煩、更可恨的了。」

黑鬼俯視著下方螞蟻般來來往往的人群，嘴上這麼說，眼神卻平和而充滿憐愛：

「不過，會這麼想，就代表我們是這麼接近吧。不管再怎麼討厭，也不覺得他們毀滅也無所謂。大概是因爲要是失去憎恨的對象，就太無趣了。」

天女用不可思議的眼神，看著他的側臉好一陣子。從下方颳上來的渾濁大氣讓她沉下臉。或許是不想在這地方久待，天女作勢離去。

「慢著，我還有件事要問妳。」

「什麼事？」

「那女孩……我想知道阿民後來怎麼了。」

天女微微睜大了眼。

「我聽說她沒下地獄。畢竟千年來我也為她費了不少心，想知道她轉生成什麼，看一眼也不為過吧。」

「這樣啊。」天女沉思了一晌，接著開口：

「好吧，我就帶你到那女孩所在之處。」

說完，天女身後發出了一道強光，刺眼得讓黑鬼閉上眼。

「到了。那孩子就在這裡。」

「這裡是……」黑鬼睜開眼簾，四下張望。眼前一片霧茫茫的白色，讓視線蒙上一層煙。

「這裡不是『硲』嗎！」

黑鬼詫異地叫出聲來。

位於天界與人界之間，稱為「硲」的空間。所有生命都會經過「硲」，送往人界，生命結束後又會再度回到「硲」。歷經無數輪迴，每一個靈魂、每一次的生命，都未曾重複。

一生，是無可取代、僅此一次的生命。

「這是怎麼回事？」

阿民又經歷了幾度輪迴，結束生命回到這裡了嗎？黑鬼問，天女卻緩緩搖頭：

「在那之後，那孩子一直待在這裡……這一百五十年來，一直都在……」

「她當時死了之後，就一直留在這裡嗎？」

「對。」

「這到底是爲什麼？」黑鬼不自覺地提高了嗓音。

阿民獲得新生，平安度過圓滿的一生。這是小鬼唯一的心願，至少幫他實現這點願望也不爲過吧。然而，天女淡淡地說：

「這是那孩子自己要求的。」

黑鬼的眼神充滿懷疑。天女轉過身，羽衣的衣襬飄蕩著：

「往這邊。那孩子在『硲』的外圍。」

「『硲』的外圍，該不會是……」

天女並未回答，只是默默領路。黑鬼跟在她身後。

走了一陣子，腳步開始沉重起來。天女足不點地、飄在地面上方，可以順利前行，但跟在後面的黑鬼每踩一步，腳下的地面就開始崩坍，寸步難行。在乳白色的霧氣籠罩下，四周景色看似沒有變化，但地面不知何時滿是黃色沙礫。就在黑鬼開始喘息時，天女停了下來：

「你來過這裡嗎？」

「沒有……不過，我猜得到這是哪兒。」

黑鬼跪在地上，掬起一把腳邊的沙。遠看是一片黃色，細看才發現其中混合了許多顏色。藍、白、綠、褐，還有黑色和紅色的沙粒。張開手掌，沙粒便從指縫間滑落。

「不過，這地方遠比我想像中還要寂寥呢。」

黑鬼站起身，臉龐染上了一絲哀戚。在霧氣中看不了多遠，但可想而知這是一片無窮無盡的沙原。

沒有風吹拂，沒有聲響。被霧氣包覆的沙，看似靜靜地沉睡著，在黑鬼眼中不過是一片空無的世界。

「這就是……鬼的墳場嗎。」

就連自己口中發出的聲音，也馬上被霧氣吸收散去。沒有一絲生氣的世界，只是一片荒蕪。

「那小子也在這裡長眠嗎……我是認不出他在這些沙子中的哪裡啦。」黑鬼看著手掌殘留的沙粒。

「不過那女孩似乎認得喔。」

天女優雅地揚起一隻手。白皙的指尖指向前方，霧氣像是被風吹散似的淡去。一個蹲在沙地上的小小身影出現在眼前。

「那就是……阿民？」

「對，維持著遇見小鬼時的、名喚『阿民』的七歲女孩樣貌。這是最後她被送來『硲』時提出的要求。」

「最後」指的是小鬼死去的時候。天女補上。

「她眞的……在那之後就一直待在這裡嗎？」

阿民轉向這邊，但似乎完全沒注意到兩人。她整個人幾乎趴在地面，一心一意地撥著沙。

「她到底在做什麼？」

「她在收集小鬼的身體。」

「妳說什麼！」黑鬼驚訝地瞬間說不出話來。

「……這是，懲罰嗎？」

好不容易，他從喉間擠出嘶啞的嗓音。

「不是，是那女孩堅持要這麼做的。」

有沒有能讓小鬼再次活過來的辦法？阿民這麼問，天上人說沒有。小鬼的身軀已經化為沙，落在這片鬼的墳場。

若是能收集到所有小鬼身軀的碎片，說不定還有辦法，但就連天上人也不會這麼做。

但阿民請求他們讓她試試看。

「要從這麼多的沙礫中，找出那小子的身體？這種事怎麼可能辦得到……」

「不過，神奇的是，那孩子似乎認得出來。」

阿民用小小的手掬起一把沙，灑在盆中，小心翼翼地揀出紅色沙粒。但變成紅色沙礫的鬼，不只阿民在找的小鬼一個。這一把似乎沒找到，阿民將盆中的沙倒回地面，不顯一絲失望或疲憊，馬上掬起下一把沙。

「這不過就是無窮無盡的無謂掙扎罷了。跟地獄也沒什麼兩樣吧。」

「沒這回事。你知道地獄是什麼樣的地方嗎？」

「有血池、刀山，還有油鍋……」黑鬼屈指數著，天女美麗的臉龐第一次綻開笑容。

「那些全都是人類創造的故事罷了。」她笑道。

「所謂的地獄，是失去希望的世界。在沒有希望之下，度過虛無的時間。這就是地獄的本質。」

就算爬著刀山，總有一天會抵達山頂，屆時就能從苦難中解脫。只要懷抱這樣的希望，不管經歷多艱辛的痛苦，都算不上是地獄。反之，就算看似天堂的地方，只要心中充滿絕望，也等同地獄。

這一點，不限於獲得智慧的人類，是能套用到所有生物的、生命的真理。

「你看，那孩子的表情。」

天女再度指向阿民。阿民不厭其煩地撥著沙粒，突然她停下了手，從盆中揀起一粒沙，舉到眼前。

緊接著，臉上綻放出一抹燦然的笑。

她小心翼翼地將這一粒紅色沙粒握在掌心，抱在胸前。

「……她找到那小子了嗎？」

阿民將手中的沙粒，寶貝地放進身邊的袋中。袋子鼓鼓的，隆起約莫裝了一隻小貓的大小。

「這一百五十年來，應該收集到一隻手臂的量了吧。只要這樣找上一千年，說不定還眞能收集到小鬼身軀的所有碎片。」

「光聽妳說我就要昏倒了……她要這樣找上一千年嗎？」黑鬼嘆了一大口氣，混合著驚愕和欽佩。

「她一定辦得到的……因爲那孩子充滿了希望。」

就像小鬼從前冀望的那樣，阿民也是一心期望著能與小鬼重逢的那天。找到一粒碎片，就往那一刻更接近了一點。阿民看起來無比幸福。

「也是，對我們鬼族來說，千年不過就像轉瞬的夢罷了。」

黑鬼輕輕笑了起來：

「千年之後，說不定又能再見到那小鬼頭了。我就好整以暇地等著吧。」

說完，黑鬼轉過身，踩著同類的屍骸離去。

微微散去的乳白色霧氣，再度聚攏起來，隱沒了阿民的身影。

西條奈加寫給台灣的讀者

自從幾年前初次造訪以來，我就愛上了台灣。

我對旅行要求最高的，就是吃。在這一點台灣是滿分。

首先夜市真的很棒。小小的攤位櫛比鱗次，不管去哪裡，食物都便宜又好吃。

除了夜市以外，位於樓房之間小市場裡的粽子、巷弄小店裡的麵或粥，還有台灣的甜品，不管在哪裡、吃什麼，都非常美味。對愛吃的我來說，光這點就是一百分的旅程了。但其實這趟旅程，還有更讓我感動的事。

那就是在台灣遇見的人們，都非常親切。

下了捷運，月台上有人拍了我的肩膀。我忘在車上的紙袋，他特地追下車來拿給我。然後對方就這樣回到車上，車門同時關上。為了陌生人忘在車上的東西，特地追下電車送還給對方，這在日本是不可能發生的事。類似這樣的事，時不時發生。

在車站看著路線圖的時候，路過的人問我要去哪裡，然後帶我到月台。明明那個人是要去另一個月台搭車。不只是旅人，電車上大家都很自然地讓位。如此驚人的親切，在這個國家是理所當然的。台灣的人們心靈是如此富足，深深感動了我。

心靈富足的台灣的各位，會如何閱讀《千年鬼》呢？讓我十分期待。

若是台灣讀者喜歡這個故事，或許就算是我對最喜歡的台灣的報恩了吧。

Eurasian Publishing Group
圓神出版事業機構
用心與你對話・視野無限寬廣
圓神出版社
Eurasian Press

www.booklife.com.tw reader@mail.eurasian.com.tw

小說緣廊 031

千年鬼【直木獎得主西條奈加最催淚之作】

作　　者／西條奈加
譯　　者／李冠潔
插　　圖／小林系
發 行 人／簡志忠
出 版 者／圓神出版社有限公司
地　　址／臺北市南京東路四段 50 號 6 樓之 1
電　　話／（02）2579-6600・2579-8800・2570-3939
傳　　真／（02）2579-0338・2577-3220・2570-3636
副 社 長／陳秋月
書系主編／李宛蓁
責任編輯／胡靜佳
校　　對／胡靜佳・李宛蓁
美術編輯／金益健
行銷企畫／陳禹伶・鄭曉薇
印務統籌／劉鳳剛・高榮祥
監　　印／高榮祥
排　　版／莊寶鈴
經 銷 商／叩應股份有限公司
郵撥帳號／18707239
法律顧問／圓神出版事業機構法律顧問　蕭雄淋律師
印　　刷／祥峰印刷廠
2025 年 1 月　初版
2025 年 9 月　4 刷

定價 350 元　ISBN 978-986-133-953-5　

「不管妳轉生多少次，我都一定會找到妳……
等著吧，阿民。」

——《千年鬼》

國家圖書館出版品預行編目資料

千年鬼／西條奈加著；李冠潔譯. -- 初版. -- 臺北市：圓神出版社有限公司, 2025.01
256面；14.8×20.8公分 --（小說緣廊；31）
譯自：千年鬼
ISBN 978-986-133-953-5（平裝）

861.57 113017122